AU-DELÀ DU DÉSERT

(Exode 3, 1)

L'édition originale de cet ouvrage est parue en espagnol sous le titre : *Más allá del desierto*, Publicaciones Kerygma, Mexico.

Traduction de : Soeur Marie-Anne de Jésus

Édition Française :
ISBN 2-84024-041-6

Co-éditeur :
ISBN 2-89129-214-6

Illustration de couverture : Éditions des Béatitudes

JOSÉ PRADO FLORES

AU-DELÀ DU DÉSERT

ÉDITIONS DES BÉATITUDES
ÉDITIONS ANNE SIGIER

Ouvrages du même auteur :

Comment évangéliser les baptisés, Éditions du Lion de Juda/Éditions Anne Sigier, 1989.

La formation des disciples, Éditions du Lion de Juda/Éditions Anne Sigier, 1991.

1

L'école du pharaon

1- L'INJUSTE PYRAMIDE D'EGYPTE

Il semble que l'on pourrait lire l'histoire de Moïse sur de fins papyrus et qu'elle nous révèlerait ce mystérieux pays caractérisé par la fleur de lotus et ses glorieuses pyramides, à l'ombre desquelles s'élevèrent les constructions pharaoniques, près de la frange verte du "don du Nil"[1] dont les eaux courent parallèlement à l'histoire du peuple égyptien.

Devant l'oeil mystérieux du Sphynx se dressaient de majestueux témoignages de sa grandeur dans le temple d'Amon de Louksor, dans les colossales statues de Menon, la mer de colonnes de Karnak, l'imposante grandeur d'Abu Simbel, ou les monolithes parfaitement taillés comme des aiguilles, qui sont aujourd'hui l'orgueil de la Place de la Concorde à Paris, à Londres et jusqu'au centre même de la Place Saint-Pierre au Vatican.

En ces temps-là, l'Egypte était considérée comme puissance mondiale de premier ordre. Les ruines de Thèbes, ainsi que le masque d'or massif, turquoise et lapis-lazuli de Toutânkhamon II, sont à peine un pâle reflet de la gloire de cet

1- Selon l'expression du fameux historien de l'antiquité, Hérodote, père de l'histoire (484-425 env. avant J.C.)

empire, dont la culture et les connaissances étonnèrent le monde, depuis que Champollion (1790-1832) découvrit la clé pour déchiffrer les hiéroglyphes et interpréter les tablettes d'Eléphantine et d'El-Amarna.

Cependant, son opulence, comme toute accumulation excessive de richesses, était pétrie avec la sueur des pauvres et tissée d'un nombre incalculable d'injustices sociales. On avait construit une pyramide sociale écrasante, dont la base étaient les émigrants, les tribus nomades et les esclaves, appelés aussi hapiru.[1]

Jusqu'à l'avènement d'un nouveau roi qui ne se souvint pas de Joseph. Usant d'astuce envers notre race, ce roi maltraita nos pères, jusqu'à leur faire exposer leurs nouveaux-nés pour qu'ils ne puissent pas vivre (Ac 7, 18-19).

L'histoire n'est pas une ligne droite, mais plutôt une roue qui tourne. Ceux qui, un temps, sont humiliés, se trouvent exaltés, tandis que les puissants tombent de leurs trônes. Les fils d'Abraham, Isaac et Jacob, qui descendirent en Egypte à l'époque où Joseph était ministre dans la fertile région du delta du Nil, jouirent de mille privilèges de l'âge d'or.

Mais ils tombèrent du pinacle et furent soumis à la servitude par un nouveau pharaon[2] qui ne voulut rien savoir de Joseph, car il craignait que les Hébreux se rebellent contre son trône.

Ainsi, les fils des Patriarches, héritiers de la liberté, furent injustement soumis à l'esclavage, sous la botte tyrannique du puissant. La roue de l'histoire avait tourné et ils souffraient d'un dénuement total.

1- Certains chercheurs croient que *hébreu* vient de *hapiru*. M. Greenberg, *The hapiru*, p. 56.

2- Ramsès II qui succéda à Séti 1er, de la fameuse 18ème dynastie.

en faire son ami intime, et qui lui fit la déclaration la plus tendre qu'aucun homme ait entendue de Dieu lui-même : *Toi, tu te tiendras ici auprès de moi* (Dt 5, 31).

Cependant, il y eut un moment-clé dans la vie du libérateur, qui changea et détermina toute son existence : cette matinée imprévisible où il sortit de sa routine et osa défier les frontières inconnues par des chemins inédits, et arriva *au-delà du désert*, pour se trouver avec un Dieu qui se révélait caché et caché se révélait dans le mystère d'un buisson transformé en un feu inextinguible.

Dans ces pages, nous découvrirons non seulement la splendeur du visage de Moïse, mais aussi la source d'où lui venait tant de luminosité, et pourquoi le berger, incendié par le feu du buisson de l'Horeb, laissa tout pour s'aventurer à partager sa vie avec ce Dieu qui avait toujours une réponse inattendue.

Donc, notre propos n'est pas de nous centrer sur la figure du libérateur d'Israël, mais sur le buisson ardent qui révèle le mystère de Dieu et son plan de salut pour tous les hommes et pour tout l'homme. Ces chapitres sont un itinéraire du programme de salut par lequel nous passons tous, tôt ou tard, dans notre découverte de Dieu, de nous-mêmes et du plan du salut. En suivant les traces de Moïse, nous nous infiltrerons dans les méandres imprévisibles de tout homme qui cherche à se libérer de l'Egypte qui l'opprime, et décide de défier le désert inhospitalier pour s'acheminer vers la terre de la liberté personnelle et communautaire.

Quant à Moïse, nous le montrerons comme un homme en chair et en os, fait d'argile fragile, qui est parfois sur le point de se rompre, mais qui sait parfaitement bien harmoniser ses énormes qualités avec ses grands défauts. Enfin, nous découvrirons qu'il y a une parenté entre nous et le berger de Madiân qui un jour osa aller *au-delà du désert*, ce qui changea non seulement sa vie, mais aussi celle de tout un peuple.

Tout ce qui est écrit dans l'Ancien Testament était figure et annonce des temps messianiques inaugurés par Jésus-Christ. Déjà le livre du Deutéronome, en décrivant l'histoire de l'Exode, utilise constamment l'adverbe "aujourd'hui", comme si les faits étaient présents. A plus forte raison nous-pouvons, dans la plénitude des temps, considérer ces énénements comme actuels.

Moïse est un doigt qui pointe la direction messianique, préfigurant la personne et la mission de Jésus-Christ. Il annonce les splendeurs du Nouveau Moïse qui réalise l'alliance éternelle en son sang au sommet du Calvaire, pour que nous tous puissions arriver *au-delà* de nos possibilités.

Guadalajara, 12 octobre 1991

Introduction

Au fil de ces pages va se dessiner le profil de l'une des plus passionnantes figures de l'histoire du salut et, sans doute, la plus remarquable de tout l'Ancien Testament.

Petit à petit se formera en troisième dimension l'image d'un homme aux profonds contrastes, où se mêlent ombres et lumières pour encadrer un être humain qui monte au sommet de la gloire, mais aussi descend jusqu'aux ombres de la dépression la plus aiguë. Son visage fut illuminé par la gloire de l'Horeb, mais il vécut dans la pénombre de la solitude, parce qu'il ne fut pas capable de se faire des amis avec qui pénétrer le labyrinthe de son intimité. Colérique et patient ; homme de feu, mais qui hésite devant le rocher de Mériba. En résumé, nous sommes devant un géant aux pieds d'argile.

Sa vie est tout un programme. Moïse doit parcourir un itinéraire d'apprentissage. Il devra passer par trois écoles successives, de quarante ans chacune, pour "être couronné" au sommet du mont Nébo, face à la terre promise.

1- L'école de Pharaon

Quarante ans de confort et de privilèges royaux dans le palais du pharaon, mais en payant le prix fort : l'hypothèque de son identité et l'éloignement de ses frères. Jusqu'à ce qu'il décide un jour de les visiter.

2- L'école de Madiân

Quarante ans de silence et d'isolement, à garder les moutons d'un autre, jusqu'à ce qu'enfin il se décide à aller *au-delà du désert*, et c'est là précisément où il fait cette rencontre personnelle avec le Dieu libérateur qui l'invite à être le protagoniste d'un nouveau chapitre de l'histoire.

3- L'école du désert

Quarante ans à pérégriner avec son peuple, vers la terre promise, passant par le mont Sinaï où se célèbre l'Alliance. Chemin rude et montée pénible, mais avec une lumière d'espérance : conquérir la terre où ruissellent le lait et le miel, la plus belle de toutes les terres.

4- Le "couronnement"

Enfin viendra son "couronnement" à l'âge de cent-vingt ans, quand il aura accompli sa mission et remis à Josué le bâton de commandement, pour que le fils de Nûn les fasse entrer en terre promise, celle qu'il ne fera que contempler de loin, depuis le sommet du mont Nébo.

Deux intérêts déterminèrent sa vie. Le pôle nord et le pôle sud, qui l'attirèrent de manière irrésistible et qui, en même temps, orientèrent toute son activité :

La libération totale de son peuple : Il ne ménage pas ses efforts et ne recule devant aucune difficulté afin de convertir cette troupe d'esclaves fugitifs en un peuple libre qui sera signe de libération.

L'amitié intime avec son Dieu : C'est Dieu lui-même qui prit l'initiative et le rechercha dans sa cachette de Madiân pour

2- DEUX PLANS CONTRADICTOIRES

A- Un plan engendré par la crainte : le pharaon

Les Egyptiens redoutaient les enfants d'Israël (Ex 1, 12b).

Le puissant se sent insécurisé et a peur du faible, car il sait que si la base de la pyramide est ébranlée, les potentats peuvent tomber de leurs trônes. C'est pourquoi il prévient son peuple.

Voici que le peuple des enfants d'Israël, par son nombre et sa puissance, devient un danger pour nous. Prenons donc, à son endroit, d'habiles mesures pour l'empêcher de s'accroître. Sinon, en cas de guerre, il grossirait le nombre de nos adversaires. Il combattrait contre nous pour, ensuite, sortir du pays (Ex 1, 9-10).

Alors, par peur, il élabore un plan de sécurité nationale qu'il doit continuellement modifier car la répression ne porte jamais de fruit.

Les travaux forcés

On imposa donc à Israël des chefs de corvée, avec mission de lui rendre la vie dure par les travaux auxquels ils l'astreindraient. C'est ainsi qu'il bâtit, pour Pharaon, les villes-entrepôts de Pitom et Ramsès... Ils leur rendirent la vie insupportable par de rudes labeurs (Ex 1, 11-14).

A la base de toute injustice il y a la peur de perdre ce que l'on a arraché aux autres, et que la vérité efface la tromperie du mensonge. C'est pourquoi, la première tactique pour immobiliser les autres est de leur inspirer la terreur. Le complexé tentera toujours de mépriser les autres, car celui qui se sent inférieur essayera d'écraser les autres pour les maintenir à son propre niveau. Cependant, la force de la vie est invincible : *Plus on les opprimait, plus ils croissaient en nombre et surabondaient* (Ex 1, 12a).

Le contrôle natal

Pharaon, non content de les intimider, décida un contrôle de la natalité : il appela les sages-femmes pour qu'elles collaborent à son plan d'extinction des Hébreux.

Quand vous accoucherez les femmes des Hébreux... si c'est un fils, faites-le mourir, si c'est une fille, laissez-la vivre (Ex 1, 16). Mais elles aimaient davantage la vie et ne consentirent pas à l'ordre du pharaon.

Les ensevelir dans le Nil

Comme cela ne réussit pas non plus, puisque les siens (les sages-femmes) ne croyaient pas non plus en lui, il décréta avec toute son autorité pharaonique : *Tous les fils qui naîtront aux Hébreux, jetez-les au Fleuve* (Ex 1, 22).

La mèche de l'holocauste des fils des Patriarches s'était allumée : tout enfant mâle devait mourir noyé dans l'immense Nil. Ainsi, leurs jours étaient comptés et il n'y avait plus qu'à attendre le compte à rebours pour l'extinction totale.

Le "peuple élu" avec lequel Dieu avait contracté une promesse de prospérité, ne se distinguait des autres nations que par d'énormes chaînes et par la cruelle servitude à laquelle il était soumis. Les coups de fouet des chefs de corvée faisaient monter des gémissements plaintifs qui essayaient d'aller jusqu'au ciel, mais personne ne répondait. Leur Dieu paraissait être insensible aux souffrances des siens.

Les fils d'Abraham, qui étaient destinés à être une bénédiction pour toutes les nations, souffraient l'esclavage des Egyptiens, sans qu'il paraisse important à leur Dieu tout-puissant que la peine de mort pèse sur eux. Pour avoir une idée exacte de cette situation, souvenons-nous que ce fut *une longue période* (Ex 2, 23).

Pourquoi se passe-t-il tant de temps sans que Dieu semble s'intéresser aux siens ? Pourquoi tarde-t-il tant à répondre au courrier qu'on lui envoie avec le sceau de l'urgence et de la livraison immédiate ? Pourquoi ne se hâte-t-il pas de s'occuper des besoins de ceux qu'il aime ? Mystère du Dieu éternel, qui n'est pas pressé et dont l'horloge ne marche pas au rythme de celle des hommes.

Dans combien de régions du monde arrive-t-il la même chose aujourd'hui : l'oppression des faibles par les nouveaux pharaons qui colonisent, envahissent des nations plus petites ou soumettent les autres à des lois absurdes ! La guerre au Moyen-Orient, le génocide du Liban, la faim en Afrique, la corruption en Amérique Latine, les millions de vies innocentes avortées... Les pharaons de service continuent d'apparaître, avec des noms de toutes les langues de la terre.

Chacun de nous a ressenti l'impuissance face aux pharaons, ainsi que l'incompréhensible expérience de souffrir injustement et de crier justice au ciel, sans qu'aucune voix ne réponde. Parfois il nous arrive même de penser que notre douleur n'intéresse personne, pas même notre Dieu miséricordieux et clément... Pourquoi le Seigneur ne répond-il pas immédiatement à l'appel au secours des siens ?

B- Un plan sans peur : Moïse

Dieu se souvint de son alliance avec Abraham, Isaac et Jacob. Il jeta sur les enfants d'Israël un regard bienveillant (Ex 2, 24-25).

En ces circonstances, précisément, le Maître de l'histoire se décide à agir. Ce qui le motive d'abord, c'est le souvenir de ses fidèles serviteurs. Dieu n'oublie jamais ses amis, et pour eux il est capable de rompre le silence et de prendre la baguette pour diriger l'orchestre de l'histoire et produire la symphonie de la libération des captifs.

C'est à ce moment que naquit Moïse, qui était beau devant Dieu (Ac 7, 20 ; Ex 2, 2). Dieu choisit toujours des gens beaux, car à ses yeux nous sommes tous précieux. Il aime tous les hommes, puisque ses mains de potier les ont modelés pour qu'ils soient une oeuvre d'art.

Pourtant, il y a une intention plus profonde. Quand on dit que Moïse *était beau*, il faut le comprendre à travers le prisme de la création : quand Dieu achevait chaque étape, il affirmait toujours que *cela était bon* (Gn 1). L'oeuvre de Dieu est bonne. Il fait bien les choses, bien que parfois nous ne comprenions pas ses mystérieux desseins.

Celui qui ne reconnaît pas sa dignité et sa valeur comme personne, n'est pas apte à servir les autres. Avant, il faut qu'il soit libéré de son esclavage. Il se peut qu'un certain rejet soit la cause de ce que nous ne nous considérons agréables ni devant les autres ni devant nous-mêmes. Alors, soit nous entreprenons un cheminement rigoureux pour changer, soit nous vivons dans l'amertume, soit nous nous fabriquons un monde d'apparences, irréel. Certains investissent la moitié de leur vie à se ciseler une image sur un piédestal doré, mais doivent passer l'autre moitié à veiller jalousement à cette soi-disant effigie.

Nous accepter nous-mêmes, reconnaître nos qualités et valoriser notre personne, voilà par quoi doit commencer le long voyage vers la liberté, débarrassés des valises de traumatismes et de complexes. Si nous n'allons pas *au-delà* des apparences, nous ne pourrons pas être véritablement libres, car c'est la vérité et seulement la vérité qui nous rend libres.

Celui qui ne s'accepte pas lui-même va gaspiller toutes les forces de son existence à essayer d'être autre. Pourtant, celui qui se trouve lui-même, n'a plus d'autre souci que d'aider les autres à se libérer de leur excessive préoccupation pour eux-mêmes. Si nous ne nous reconnaissons pas et ne nous acceptons pas tels que nous sommes, tout ce que nous ferons sera une compensation de nos frustrations.

Amram et Yokébed, parents de Moïse (cf. Ex 6, 20), libres de toute peur, désobéirent consciemment à la loi du pharaon (cf. He 11, 23). Comme l'amour bannit toute crainte, ils furent capables d'élaborer soigneusement un plan qui réussirait exactement comme ils l'avaient calculé :

Premièrement, ils cachèrent l'enfant pendant trois mois. Deuxièmement, ils le laissèrent dans le seul endroit où les Egyptiens ne le chercheraient pas, mais où quelqu'un pourrait le trouver et le sauver. Troisièmement, ils offrirent leurs services pour allaiter le petit.

Le plan du pharaon, produit de la crainte, échoua. Par contre, le plan qui fut forgé sans aucune peur, se réalisa selon les prévisions. Voyons comment se sont déroulées chacune des trois étapes :

Le petit fut caché discrètement pendant trois mois dans la maison de ses parents. Ensuite, on le laissa flotter et se bercer entre les joncs de l'imposant fleuve du Nil dans une corbeille, qui est l'image de l'arche du déluge. Comme en ce temps-là, maintenant s'achève une époque d'injustice institutionnalisée pour donner naissance à un nouveau chapitre de l'histoire de l'humanité. Comme on l'avait prévu, la fille du pharaon trouva la corbeille d'osier contenant le précieux bébé. Fascinée par sa beauté, elle le sauva de la mort, le prit et l'adopta.

Alors commence la dernière partie de la stratégie : Marie, soeur de Moïse, proposa de trouver une nourrice juive pour allaiter l'enfant. Ainsi, Moïse retourna avec sa mère qui, à partir de là, fut même payée pour la garde de son enfant !

Quand les possibilités d'Amram et Yokébed s'épuisèrent, alors commença le plan de Dieu. Souvent le Seigneur commence son projet lorsque nous sommes arrivés à la limite de nos capacités. Son horloge se met en marche quand l'homme n'est plus capable d'aller plus loin.

Dans cette première étape, il existe un contraste frappant entre le rôle des femmes et celui des hommes du pharaon. Toutes les femmes sont en faveur de la vie et aucune, pas même la fille du dictateur, ne collabore à l'ordre d'extermination.

Pourquoi les plans forgés par la crainte échouent-ils ? Dieu agit sur toute circonstance et sur toute contingence. Le fait de la désobéissance civile, libre de toute peur, alluma la mèche de la libération.

3 - LES LIGNES COURBES DE DIEU

Moïse passa les premières années de sa vie protégé par l'amour familial. Il s'imprégna de la culture et des traditions de ses ancêtres. Il apprit la langue maternelle et sa prière s'élevait vers le Dieu d'Abraham, d'Isaac et de Jacob.

Mais un jour, sans lui donner la moindre explication, ses parents le conduisirent au palais royal et le confièrent à la fille du pharaon. Les yeux ouverts et les bras tendus vers sa mère, le petit hésitait à entrer dans ce monde étrange, où règne la loi du plus puissant et où ne comptent que les apparences.

Ils le dépouillèrent de ses habits juifs et lui arrachèrent l'âme de son peuple. Ce jour-là il changea de langue et de traditions et dut s'adapter à une nouvelle religion.

Ce fut un véritable choc culturel qui le marqua profondément. Il avait échangé l'amour des pauvres pour une prison d'or où tout lui était non seulement inconnu mais même opposé totalement à son expérience de vie. C'est alors que naquit en lui un esprit de dépassement pour survivre dans un monde de compétition. Il reçut le nom de *Moshé*[1] - "sorti" - (cf. Ex 2, 10). Il fut sauvé le premier, pour être ensuite le canal du salut. Personne ne peut être instrument de libération s'il ne l'a pas d'abord expérimentée dans sa propre chair.[2]

Ainsi Moïse fut-il instruit dans toute la sagesse des Egyptiens, et il était puissant en paroles et en oeuvres (Ac 7, 22). Moïse, affirme le texte grec, fut éduqué dans toute la sagesse des Egyptiens. Sagesse proverbiale si éminente que même les grecs accouraient dans les écoles alexandrines pour apprendre l'organisation sociale, la politique et l'économie du puissant empire du pharaon. Dans cette école tellement spécialisée, Moïse se distingua parmi tous les princes du palais par sa facilité d'expression et l'éloquence de ses discours.

Le pharaon, qui, dans le labyrinthe de ses craintes, avait pris la ferme résolution d'exterminer les Hébreux, était en train d'alimenter, de vêtir, de préparer et de former le libérateur de ses ennemis. La famille royale elle-même favorisait comme personne l'indépendance d'Israël, parce qu'au sein de son propre palais le futur capitaine du peuple de Dieu était en gestation.

Curieusement, c'est celui qui s'opposait le plus à la libération qui était celui qui y contribuait le plus. Dieu écrit droit avec des lignes courbes. Parfois l'histoire du monde, comme l'histoire personnelle, paraît incompréhensible. Pourtant, souvent ce que l'on juge négatif, douloureux ou raté, se trouve être l'antichambre du bonheur.

A certaines occasions, nos ennemis sont ceux qui nous font du bien. Leurs oppositions et leurs attaques nous fortifient et

1- Lui seul porte ce nom en Israël. cf. H. Caselles, *A la recherche de Moïse*, Verbe Divin, p. 29.

2- Moïse ne s'installe jamais. Il est continuellement "sorti" : des eaux du Nil (à sa naissance), d'Egypte (fuite à Madiân), de Madiân (retour en Egypte), et de l'esclavage (Exode).

nous préparent à gagner la bataille finale. C'est pourquoi nous ne devons pas lutter contre les pharaons qui tentent d'en finir avec nous ou notre liberté, mais il nous faut les remercier de défaire le noeud de nos possibilités, pour que nous soyons capables de larguer les amarres. Grâce à leur oppression, Dieu se décide à intervenir au temps opportun.

Cependant, son confort dans le palais pharaonique lui coûta très cher : Moïse se sépara de ses frères. Les titres et les privilèges ouvrirent un abîme d'indifférence qui le fit peu à peu oublier ses racines. Pour un plat de lentilles, il hypothéqua son identité.

Il grandit revêtu des apparences de caste royale, et décoré des prérogatives de la famille du pharaon.[1] Il possédait autorité et richesse. Il s'habillait de lin fin, avec des brocards de Damas. Il avait sa signature au trésor royal et son char officiel était tiré par une quadrille de chevaux blancs. Ses laisser-passer lui ouvraient toutes les portes, et il était homme de grande influence dans la vallée des rois. Il ne pensait qu'à son confort et comment escalader la pyramide sociale, même si pour cela il lui fallait ignorer la souffrance de ses frères.

Malgré tout cela, il manquait à Moïse le plus important : trouver son identité personnelle et sa place dans la société. Son problème existentiel venait du fait qu'il ne pouvait pas se situer dans la vie : il n'était pas égyptien et ne vivait pas comme un hébreu. Il savait qu'il n'hériterait rien du pays des crocodiles, puisqu'il était conscient que ses privilèges ne venaient pas de lui, mais d'un titre extérieur (fils de la fille du pharaon), provenant d'une trouvaille fortuite. D'une part, il était méprisé par les magnats égyptiens qui le discriminaient toujours parce

1- Certains auteurs, comme H. Caselles, pensent que l'influence de Moïse se limitait à être un scribe du palais, qui servait aux traductions. Il était comme un pont entre les deux cultures, et son rôle était d'être un intermédiaire entre les deux peuples. *Ibid.*, p. 33.

qu'il était étranger. D'autre part, il était méconnu des Hébreux : les uns le regardaient avec jalousie, les autres le cataloguaient comme traître collaborant avec l'oppresseur. Il n'appartenait ni aux uns ni aux autres. Il ne trouvait pas son identité dans les vicissitudes de l'histoire. Il vivait dans une prison d'or.

Moïse connaissait bien les mouvements troubles, de jalousie et de mensonge, dans le palais pharaonique : les caprices des puissants, la lutte pour monter en écrasant les autres. Un jour il eut accès à la nécropole de Thèbes et contempla les corps des puissants pharaons, tout comme la beauté légendaire de Nefertiti, réduits en simples momies embaumées. A l'ombre de la pyramide de Kéops et face au sourire du Sphynx, il comprit que la vie est transitoire, et que celui qui ne l'a pas vécue en plénitude n'a plus qu'à élever des mausolées pour que l'histoire se souvienne de lui. Petit à petit le monde des apparences perdait ses couleurs.

4- UNE IDÉE GÉNIALE : VISITER SES FRÈRES

Comme il atteignait la quarantaine, la pensée lui vint de visiter ses frères (Ac 7, 23).

Après de nombreuses années dans le confort, Moïse eut une idée géniale. Jamais auparavant il ne lui était venu à l'esprit de se rapprocher des siens. Ses richesses et ses privilèges l'avaient enfoncé dans un abîme immense qui le rendait insensible à toute douleur étrangère. Mais enfin, sans cause apparente, surgit en sa tête une idée étrange. La voix du sang l'appelle et il entend en son coeur les gémissements de ses frères. Il fallut beaucoup de temps pour qu'il se décide à sortir de l'incertitude et à retrouver ses racines, pour se réconcilier avec ses origines et chercher sa propre identité.

A quarante ans, il dut choisir entre sa culture ou sa race. Devant les gloires passagères qu'on lui offrait, il se dépouilla de tous ses privilèges, pour se rapprocher de ses frères humiliés par l'injustice. Il laissa le palais pharaonique pour visiter ceux qu'il sentait comme la chair de sa chair et le sang de son sang. Cependant, il ne s'agissait que d'une simple visite. Le jour-même il devrait rentrer au palais.

Il perçut alors la cruelle réalité : l'Egyptien qui frappait l'Israélite, le fort qui profitait du faible, le puissant qui humiliait celui qui n'avait aucune protection. Son sang bouillit devant l'injustice. Sa fougue de libérateur explosa. Il ne supporta pas que le pauvre soit piétiné et le petit dépouillé. Il n'admit pas les outrages des puissants, et toute souffrance étrangère devint sa propre affaire (cf. Ex 2, 17).

Sans y réfléchir deux fois, il sortit au secours de l'opprimé. Il regarda de part et d'autre. Il veilla à ce que personne ne le voie et il tua l'oppresseur. Après son crime, il cacha le cadavre dans le sable (cf. Ex 2, 12).

Il était prêt à tout, pourvu qu'il en finisse avec les outrages et la méchanceté. Il décida de prendre le chemin facile qui donne des résultats immédiats : tuer l'oppresseur. Il haïssait l'oppression autant que l'oppresseur.

Comme il est aisé et fréquent de "tuer l'Egyptien", condamner le pécheur, montrer du doigt le coupable, rejeter le traître et l'enterrer, au lieu de chercher sa conversion ! On "tue l'Egyptien" chaque fois que l'on cherche à en finir avec la personne, le prestige et l'autorité de quelqu'un qui a commis une erreur.

Moïse, fort de ce courageux geste de libération, revint à ses frères et se rendit compte qu'il y avait des bagarres entre eux. *Le lendemain, il en aperçut qui se battaient, et il voulut les remettre d'accord. "Mes amis", leur dit-il, "vous êtes frères, pourquoi vous maltraiter l'un l'autre ?"* (Ac 7, 26)

Non seulement son peuple était maltraité par les Egyptiens, mais ils se querellaient et se battaient les uns les autres. Même entre eux, il y avait des "Egyptiens" qui profitaient des plus faibles. Généralement celui qui souffre se sent victime et essaye de prendre sa revanche en en attaquant d'autres, spécialement les plus proches, car dans l'âme de tout opprimé germe une semence d'oppresseur.

Moïse veut instaurer la concorde et demande au plus fort : "Pourquoi profites-tu de ton frère qui est plus petit que toi ?" Ensuite, il se dirige vers les deux et les admoneste : "Vous ne vous rendez pas compte que vous êtes frères ? Vous souffrez déjà assez pour encore vous blesser vous-mêmes !"

L'agresseur se sent pris et répond dans un sourire ironique et le regard plein de colère rentrée, donnant à entendre que son assassinat pourrait bien être publié d'un moment à l'autre : *Qui t'a établi chef et juge sur nous ? Voudrais-tu me tuer comme hier tu as tué l'Egyptien ?* (Ac 7, 27-28)

Le cadavre de l'Egyptien que Moïse avait caché dans le sable criait vengeance. Au lieu d'être considéré comme le détonateur de la libération, il se convertissait en grave menace contre lui-même. Ses propres frères, au lieu de le remercier pour son geste, lui reprochent son meurtre et sont disposés à le dénoncer devant les autorités égyptiennes, en déterrant le corps du délit.

Le récit biblique résume en une phrase concise l'attitude des Hébreux envers Moïse : *Mais ils ne le comprirent pas* (Ac 7, 25). Ils ne crurent pas en ses bonnes intentions, et son sacrifice n'eut aucune valeur pour eux. Ils n'acceptèrent pas son aide et ne le remercièrent pas pour son désintéressement. Le texte grec manifeste le drame intérieur de Moïse quand il dit : Moïse *pensait*, et se réjouissait de son plan de libération. Il était sûr que, selon son expérience et son influence, il ne pourrait pas échouer.

Cependant, il lui eût fallu considérer, dans son projet, le moment propice et la méthode efficace pour atteindre son objectif. D'autre part, les Hébreux voulaient-ils laisser l'esclavage ? Le mot liberté ne résonnerait-il pas pour eux comme un simple chant de sirène séductrice qui promet le bonheur au moindre prix ?

A partir de ce moment, Moïse ne veut plus rien savoir de ce peuple ingrat, ni de son passé, ni de son avenir, ni de ses coutumes, ni de ses traditions. Il renonce à ses racines, avec le risque de perdre son identité. Il ne veut aucun lien avec eux. De fait, quelques années plus tard, il ne circoncira pas son fils (cf. Ex 4, 25), selon la plus pure et la plus ancienne tradition des descendants d'Abraham (cf. Gn 17, 10).

Cette blessure ne se cicatriserait pas en quarante ans, au contraire. Il pouvait tout supporter : la solitude du désert et la persécution des Egyptiens. Mais que ceux pour qui il avait renoncé à ses privilèges au risque de sa propre vie, le rejettent, c'était au-dessus de ses forces et il n'était pas capable de pardonner une telle trahison.

Cette étape de l'histoire du salut nous a déjà laissé de merveilleux enseignements :
- le puissant a toujours peur du faible ;
- les plans engendrés dans la peur n'aboutissent jamais. Tout ce que l'on fait par obligation, par conditionnement ou par peur est toujours stérile ;
- un projet élaboré dans la liberté est source de transformation ;
- les décisions changent le cours de la vie et de l'histoire ;
- Dieu écrit droit avec des lignes courbes, et fait concourir au bien l'opposition de nos ennemis ;
- les privilèges et les richesses nous rendent insensibles à la souffrance de nos frères ;
- Moïse apprend que la libération ne se fait pas à la manière des hommes, malgré leurs bonnes intentions.

2

L'école de Madiân

1 - EXODE DE MOÏSE :
IL S'ASSIT AUPRÈS D'UN PUITS

A- Le refuge

Pris de peur, Moïse se dit : certainement la chose se sait ! (Ex 2, 14).

Moïse a peur. Ce héros improvisé, qui osa défier le pouvoir du pharaon, est maintenant plein de crainte. Il veut fuir, mais davantage le mépris de ses frères qui ont tué ses élans libérateurs, que la police égyptienne. Il ne veut être près de personne qui lui rappelle le terrible cauchemar de son douloureux échec.

Mais ce qu'il rejette se colle à lui et s'enracine avec plus de force, se convertit en ennemi. Si au palais on lui a créé un complexe d'infériorité, cette amère expérience lui a rajouté une profonde rancune. Il se retrouve sans rien. D'un côté, il a perdu les avantages de la maison du pharaon, et de l'autre il n'est pas accepté par les siens. Moïse est frustré. Dans ces circonstances apparaît son bégaiement. Ce prince de la maison du pharaon, qui jouissait d'une facilité de parole et s'exprimait de façon éloquente, devient bègue à cause de son insécurité.

Devant cette opportunité de libérer les opprimés, surgit une question inquiétante : "Pourquoi Dieu n'a-t-il pas profité de l'occasion pour qu'éclate la révolution qui aurait libéré son peuple ? Pourquoi n'a-t-il pas rentabilisé le courage du capitaine qui exposa sa vie pour les siens ? Pourquoi doit-il attendre quarante ans de plus pour mener à bien ses plans ? Et la question fondamentale : Pourquoi l'horloge de Dieu ne marche-t-elle pas à notre rythme ? Pourquoi Dieu n'est-il pas pressé ?"[1]

Moïse s'enfuit loin du pharaon et se rendit au pays de Madiân. (Ex 2, 15). Rejeté par ses frères, son crime découvert, Moïse enfourcha le coursier le plus rapide et prit la fuite, pour arriver à Madiân au coeur du désert[2]. Dans cette école d'aridité et de solitude, il passera quarante ans de sa vie, en attendant que sonne l'heure de Dieu.

Le fils de la fille du pharaon est devenu en vingt-quatre heures un déserteur de la justice. Celui qui tentait de libérer les opprimés fuit, en proie à la terreur. Mais ce qui lui fait le plus mal, c'est le rejet des siens : ce sont ses propres frères qui l'ont dénoncé.

Le désert de Madiân ne ressemble pas aux immenses dunes de sable doux du Sahara, c'est un massif de granit rougeâtre, taillé à pic, avec des crêtes inaccessibles et des falaises abruptes qui se perdent dans des wadis sinueux[3], séparés par de dangereux défilés.

Terre de chaleur torride pendant le jour, mais aussi de nuits glaciales, où le vent vertigineux des tourmentes gronde dans les falaises, tandis que les oiseaux de proie maraudent la région pour tuer tout ce qui reste de vie. C'est le "midbar", le désert, à nu, qui permet seulement occasionnellement

1- M. Menapace, *Um Deus sem pressa,* Editione Pauline, Sao Paulo, 1983.

2- Madiân était dans la péninsule d'Arabie, à l'Est du Golfe d'Acaba.

3- Les torrents secs.

l'apparition de petits arbustes, de quelques palmiers nains, du tamaris et des grenades rouges.

Le désert est un lieu où la solitude rend possible la rencontre avec soi-même, et le silence fait découvrir la simplicité de la vie. Les charmes des apparences disparaissent. La nudité permet de se centrer sur l'essentiel et l'aridité fait rejaillir ce qui est invisible aux yeux : l'individualité propre, l'être unique au monde, le transitoire de la vie et la transcendance de l'histoire.

Il s'assit auprès d'un puits (Ex 2, 15b). Cette phrase laconique dépeint l'attitude de Moïse durant quarante ans dans le désert. Il est abattu, il ne veut plus avancer, ses forces sont au bout de ses limites et il décide de s'asseoir pour contempler le défilé de la vie sans faire partie du scénario. Cet homme d'autorité et d'influence tout au long du Nil, devient un berger de moutons étrangers. Il s'arrête, il ne veut pas aller plus loin.

B- Les deux fils de Moïse

Se laissant porter par un rythme de vie bien réglé, il épouse Cippora, fille de Jéthro, de laquelle il a deux fils. Encore attaché à son passé, il nomme le premier-né *Guershom*, qui signifie : *immigré en terre étrangère.* Il appelle le second *Eliezer*, c'est-à-dire : *ma protection c'est le Seigneur.*[1]

Ces deux noms conjuguent les deux pôles qui encadrent toute la vie de Moïse : un éternel étranger qui se fie dans le Seigneur. C'est ce qui sera le terrible drame de sa vie : se sentir "Guershom", sans protection, sans droits humains, mais d'autre part : être "Eliezer", couvert de la protection divine.

S'il ne put jamais se situer à l'ombre du pharaon, à Madiân il n'y arrivera pas non plus. Son problème d'identité n'a pas

1- *Eli* : mon Dieu - *Ezer* : protection (BJ)

trouvé de solution, il a seulement changé de lieu. Il continue d'être un "guer"[1]. Il n'a pas de racines, bien qu'à cause d'elles il ait été chassé.

Dans ce désert tranquille où le temps semble endormi, il devint berger du troupeau de son beau-père. Il marchait lentement, au pas du troupeau, tandis qu'il écoutait les sons du silence et apprenait à dialoguer avec lui-même, cherchant les réponses en lui et non dans les autres ou dans les événements. Les après-midi, pendant qu'il gardait les gentils moutons, il contemplait avec nostalgie les couchers de soleil, et au long des nuits silencieuses il regardait dans le firmament les constellations qui voyagent à l'infini.

Durant ces longues heures, gardant des moutons qui ne lui appartenaient même pas, il voyait et revoyait les contrastes de son histoire : il se repentait d'avoir essayé d'aider les siens, puisqu'ils l'avaient payé par la trahison qui lui fit tout perdre. Dans ces immenses régions érémitiques, le berger entonnait une triste élégie : "A mes solitudes je vais, de mes solitudes je viens."[2]

De l'homme d'autorité qu'il était, Moïse devint un fugitif. En échange de son escorte de garde, c'est tout un bataillon qui le poursuit pour le tuer. En guise de richesse, il vit comme un bédouin qui déambule par des régions arides. A la place de la fertilité miraculeuse du Nil, il rencontre des terres inhospitalières, impitoyablement frappées par la force brutale de la nature. Lui qui était habitué à être traité comme un prince, il vit comme un inconnu dans les immensités de la péninsule du Sinaï. Lui qui avait une place réservée à la table du pharaon, il pérégrine comme un étranger, se déplaçant comme un

1- Le mot hébreu *guer* est utilisé pour identifier l'inadapté social, l'étranger qui n'a pas un lopin de terre avec lequel s'identifier. En d'autres mots, il s'agit d'un marginal privé de tout bien.

2- Phrase du poète espagnol Lope de Vega (1562-1635).

simple nomade. Jamais plus il ne retournera vivre dans des maisons de ciment solide, mais dans des tentes démontables. Ainsi, peu à peu, se ternit son illusion de devenir un héros national, d'être appelé "père de la patrie", ou qu'un sculpteur renommé lui taille une statue de marbre pour l'immortaliser... Il avait appris une leçon : toutes les choses sont passagères. Mais le prix de cette école n'avait pas été payé volontairement, sinon arraché par les circonstances.

La solitude était en train de le modeler pour qu'il apprenne à donner leur juste valeur aux choses et aux événements. Mais jamais le désert ne put cicatriser la blessure de son coeur qui, comme une plaie béante, saignait à cause du ressentiment et de la frustration. Moïse ne voulait plus rien savoir de ce peuple ingrat, et son simple souvenir de temps en temps le mettait en colère, mais le plus fréquemment le déprimait.

L'expérience de son échec lui avait démontré que malgré tous ses privilèges, sa culture, son autorité et ses élans libérateurs, ou peut-être précisément à cause de son excessive confiance en eux, il n'était pas encore prêt pour être un instrument de libération pour les autres.

Madiân fut le four et le moule où commença à se former un nouveau Moïse : c'est le désert où demeurent les bêtes sauvages, les serpents venimeux et traîtres, et dont la loi de survie est le camouflage du caméléon. Il passera là quarante ans, tâchant d'être lui-même, mais avec de si pauvres résultats qu'il préfèrera se cacher derrière un troupeau de moutons.

Ce long temps que Moïse passa dans la solitude n'améliora pas son existence. Au contraire, il approfondit ses complexes et toucha le fond de son océan, constatant un vide existentiel. Ses blessures restèrent ouvertes, exposées à la souffrance et sentant la rancune.

Le désert, affirme-t-on en principe, est un lieu de purification. Cependant, la souffrance, la solitude et l'épreuve ne purifient pas en elles-mêmes. Tout dépend de l'attitude que l'on adopte face à elles.

Et Moïse perdit quarante ans de sa vie à s'affliger de son passé, et à rejeter ceux qui l'avaient rejeté. Au lieu de dépasser le problème, il fut dépassé par l'anémie de l'apathie. Le brio de cet homme, éloquent dans ses discours, se convertit en insécurité pour s'exprimer.

Il tomba dans la routine quotidienne, qu'il tenta d'enterrer avec dégoût. Il avait perdu le goût de vivre : pas même le pouvoir, l'avoir ou le jouir ne l'intéressaient. Enfermé dans une voie sans issue, il se réfugia dans la médiocrité et le mimétisme du caméléon : il vivait, ou pour mieux dire il survivait, sous la protection de son beau-père, endormi par l'ennui, en une vie terne qui se rebellait contre le passé et décolorait tout rêve d'avenir. Avec raison, le récit biblique affirme qu'il *s'assit auprès d'un puits* (Ex 2, 15b).

Ce ne sont pas les qualités humaines qui construisent le Royaume. Cela ne dépend pas du nombre ni de la grandeur des charismes que l'on a, mais de la purification à laquelle on est parvenu. Pour cela, il est nécessaire de se dépouiller de toute sécurité humaine, afin que la pauvreté soit le cadre dans lequel intervient l'action puissante de Dieu, qui est le seul qui libère des prisons intérieures comme des plus extérieures.

Nous sommes tous conduits au désert lorsque nos structures s'écroulent, lorsque nos plans se décolorent ou que nos rêves les plus chers s'en vont en fumée ; lorsque nos héros nous déçoivent, lorsqu'une maladie ou un accident réduisent nos capacités, ou lorsque nous sommes déçus par la personne aimée ; lorsque l'on nous coupe les ailes de la confiance ou quand tout d'un coup nous perdons tout ce que nous avons gagné par de grands efforts.

Chaque fois que Dieu va faire quelque chose d'important en nous ou à travers nous, il déstabilise nos sécurités et nous invite à marcher sur les eaux. Mais, au fond, il est le divin potier qui est en train de remodeler dans ses mains le pot de terre, parce qu'il veut en faire un nouveau vase. C'est sa sagesse divine qui nous décharge des poids, parce qu'elle nous veut désencombrés de nos bagages pour le long chemin vers la liberté. La seule chose qu'il nous est permis d'emporter est une tente.

2 - AU-DELÀ DU DÉSERT

A- Une décision inattendue

Pendant quarante ans, la vie de Moïse fut grise et aride, comme le désert lui-même. Son horaire et son calendrier, tout comme son itinéraire, étaient fixes, fermés à tout changement : il se levait toujours à la même heure pour conduire les moutons de son beau-père au même pré, les abreuver au même puits, et avant que le soleil ne se cache, les faire rentrer au même bercail. La tonte de chaque printemps était la seule chose qui le faisait rompre avec cet ennui. Sa vie était monotone. Tout était programmé, sans variantes ni surprises. Et cette routine dura de nombreuses années. Moïse s'était coulé dans le moule et s'était installé, bien que ce soit dans l'aridité et la solitude d'un désert ingrat.

Lui qui avait vécu quarante ans à l'ombre des pyramides, en passa autant à l'abri de la tente de son beau-père. Une fois de plus, il avait réussi à se placer et à vivre aux dépens des autres. Il continuait dans l'infantilisme à dépendre d'un autre plus grand ou plus puissant, car dans le fond il se sentait terriblement insécurisé et incapable de prendre la responsabilité de son destin. Il était de nouveau le sous-chef de la barque de sa vie.

Moïse, qui paissait les moutons de Jéthro, son beau-père, et les avait menés "au-delà du désert", parvint à la montagne de Dieu, l'Horeb (Ex 3, 1). Mais un jour tout changea. Ce matin-là fut tout différent des autres matins car il osa rompre le rythme de sa vie et il s'aventura avec ses moutons "ahar hamidbar" : *au-delà du désert.*

Moïse avait toujours conduit ses moutons "en avant du désert", à l'intérieur d'un espace bien connu. Mais un jour il se décida à aller *au-delà du désert.* Il dépassa la région de granit rougeâtre et pénétra jusque dans les terres noires de lave. Il coupa à travers les pentes et négocia les capricieux wadis secs jusqu'à ce qu'il arrive à la montagne du Seigneur[1].

Bien évidemment, toute la péninsule est désertique. Il n'est pas possible de localiser où se cache ce provoquant *au-delà du désert.* Par conséquent, il ne s'agit pas d'un lieu géographique mais d'une attitude personnelle[2]. "Ahar hamidbar" signifie que Moïse fut capable de rompre le cadre de sa vie et d'aller "au-delà" de ses limites habituelles. Fatigué de vivre toujours la même chose, il osa se déprogrammer de sa monotonie pour franchir la frontière de ses propres sécurités. Il rompit avec la tradition et arriva à la montagne du Seigneur où il contempla le buisson qui brûlait mais ne se consumait pas[3].

Là-bas, et seulement là-bas, *au-delà du désert,* il vécut la rencontre avec le Dieu d'Abraham, d'Isaac et de Jacob qui se révèle. Moïse eut cette expérience avec le Dieu de la liberté seulement après avoir couru le risque d'aller *au-delà du désert,* relevant le défi d'inventer des chemins et traverser des fron-

1- Appelée "Horeb" dans la tradition Elohiste (E) et "Sinaï" dans la tradition Yahviste (J).

2- La particule *ahar* est un adverbe non seulment de lieu, mais aussi de temps, qui nous donne à entendre que Moïse dépassa les coordonnées dans lesquelles il s'était tenu enfermé pendant quarante ans. Donc nous pouvons le réduire ni à un espace ni au temps, mais plutôt à une attitude.

3- Traduction de la Bible de Jérusalem et de Henri Cazelles, bien que l'intuition de ce message vienne du prédicateur Salvador Gomez qui a, par ailleurs, laissé sa marque tout au long de ces pages.

tières... bien qu'il lui fallût quarante ans pour prendre une telle décision.

Moïse arriva *au-delà du désert* non par un commandement extérieur ni parce que quelqu'un l'appelait. Il s'est agi d'un élan irréversible, impossible à étouffer. Un impératif intérieur se déploya comme l'énergie d'un volcan, jusqu'à ce que cela explose. La solitude et la monotonie provoquaient un vide existentiel qu'il n'était plus possible de supporter, et il décida de courir le risque de faire incursion dans le monde fascinant de l'inconnu.

B- Le buisson ardent

L'ange de Dieu se manifesta à lui sous la forme d'une flamme de feu jaillissant du milieu d'un buisson. Moïse regarda : le buisson était embrasé mais ne se consumait pas (Ex 3, 2).

Quand Moïse fut capable d'aller *au-delà du désert,* il se réveilla de sa routine et perçut quelque chose de différent dans un phénomène dont il avait souvent été témoin : le soleil incandescent qui met le feu aux brindilles sèches, aux feuilles mortes et même arrive à consumer furieusement les arbustes. Pourtant, cette fois l'incendie prenait un aspect qui dépassait les limites de l'entendement. Ce buisson-là brûlait mais ne se consumait pas.

L'événement attire son attention et il se laisse interroger intérieurement. Il sait qu'il n'a pas toutes les réponses, et l'expérience lui a montré qu'il ne jouit pas de l'infaillibilité, mais il conserve la capacité de se poser des questions et de s'étonner pour reconstruire son histoire, car il va se confronter à la vérité et à la réalité. Il veut connaître le pourquoi.

Il s'agit d'un buisson, d'un arbuste quelconque, qui ne sert à rien. Ce n'est ni un beau rosier, ni un cèdre orgueilleux, ni un chêne robuste, mais un buisson fragile. Dieu se révèle dans le buisson, comme dans la vigne ou la moutarde, qui sont aussi modestes.

Il ne fait pas de distinction selon les apparences extérieures, étant donné que tout fut créé par lui et que tout est bon (cf. Gn 1, 31). Dieu peut brûler dans le buisson de n'importe qui, même si apparemment il n'y a pas de matière première.

C- Il ne se consume pas

Alors, fasciné par ce prodige si singulier, il dit : *Je vais m'avancer pour considérer cet étrange spectacle, et voir pourquoi le buisson ne se consume pas* (Ex 3, 3).

Moïse, au sortir de sa routine, ouvre les yeux pour découvrir la nouveauté : les choses l'incitent pour qu'il les admire. Il a renoncé à sa langue, à sa culture et à son système de pensée qui lui offraient des réponses systématiques pour tout.

Et par le fait de rompre avec son cadre de vie, il retrouve la capacité de se poser des questions. L'homme peut vivre sans réponse, mais il ne peut pas vivre sans question[1]. La sagesse ne consiste pas à avoir toutes les réponses, mais à savoir formuler les questions adéquates.

Voilà ce qui est merveilleux : dans ce qu'il y a de plus ordinaire, un buisson, il y a quelque chose d'extraordinaire, il ne se consume ni ne se détruit. Le feu semble seulement caresser le buisson. Il se promène avec fantaisie dans l'arbuste sauvage, qui non seulement demeure intact, mais se transforme en source de lumière.

1- Moïse est l'homme des grandes questions :
- Pourquoi le buisson ne se consume-t-il pas au milieu du feu dévorant ?
- Qui suis-je, moi ?
- Que vais-je faire avec mon peuple ?
- Comment puis-je supporter votre poids ?

Dieu est ainsi : en éclairant il ne perd pas sa lumière, en se donnant il ne s'appauvrit pas, en réchauffant les autres il ne se refroidit pas. Bien que le bois soit fragile, comme celui du buisson, son feu ne s'éteint pas. Quand Dieu embrase une créature, il ne la détruit pas, mais il l'illumine, et il la rend lumineuse sans l'anéantir.

D'une certaine manière, le feu inextinguible le transporte dans l'éternité de Dieu, qui brûle toujours et jamais ne s'épuise. Les flammes capricieuses manifestent la liberté divine qui se refuse à être enfermée, car elles dépendent du vent qui souffle comme il veut. Jamais le feu n'est le même. Ses mouvements incessants montrent son dynamisme inépuisable. Sa chaleur partage son essence et peut convertir en flamme tout ce qu'elle touche. Il s'agit d'un Dieu qu'on ne peut pas appréhender.

A pas lents, sur la pointe des pieds, les yeux ouverts et le coeur palpitant, il se dispose à franchir la frontière du mystère. Mais, arrivé à la porte du paradis, il entend une voix chaleureuse, douce et forte à la fois, qui jaillit du coeur du feu et l'appelle par son nom en deux fois : *Moïse, Moïse* (Ex 3, 4).

Le fugitif de Madiân a dû rester stupéfait en entendant son nom ! Dans l'immense solitude du désert, où il avait fui pour se cacher, quelqu'un le connaissait et l'appelait par son nom ! Sa vie et sa personne intéressaient quelqu'un. Il n'était pas seul dans sa solitude. Au moment où il osait sortir de sa cachette et franchir les frontières resserrées du "en avant du désert", quelqu'un l'appelait et lui lançait un défi.

Son nom lui rappelle qui il est : celui qui a été sauvé des eaux. Il doit d'abord prendre conscience de lui-même et de ce qui lui est arrivé. Il n'a pas péri comme ses frères, parce que sa vie contient une mission en leur faveur. Son nom, tel un champ vierge, cache le trésor du sens de son destin. Tandis que les flammes crépitent dans le buisson, Moïse répond simplement : *Me voici* (Ex 3, 4). Il se rend présent aussitôt qu'on l'appelle et qu'on le sollicite.

D- Oter ses sandales

Pendant que le feu craque, la montagne entière est embrasée dans les flammes qui pénètrent tout. Le ciel est rouge comme un miroir de rubis et tout le désert brille comme s'il était un éventail de pierres précieuses qui diffusent une fulguration céleste.

Puis, avec douceur et fermeté, on lui donne un ordre impossible à transgresser : *Ote tes sandales de tes pieds car le lieu que tu foules est une terre sainte* (Ex 3, 5).

Le Dieu qui est en train de se révéler exige un respect absolu. Pour s'approcher de lui il faut avoir une claire conscience que l'on entre en territoire de sainteté et de transcendance ; et pour être en harmonie avec lui, il faut se déchausser pour marcher, ne pas lui imposer son propre pas mais se mouler au sien. Il s'agit du renoncement à son propre programme de vie pour s'ouvrir à une nouveauté inattendue.

Moïse doit se défaire de son système de vie. Le Dieu de l'Horeb ne consent pas à être emprisonné dans un programme quelconque. Au contraire, c'est lui qui veut l'intégrer dans son plan global de salut.

Toute approche du Dieu de l'Horeb se fait déchaussé. C'est dans cette pauvreté que consiste la véritable richesse de l'homme qui ne vaut ni par les vêtements qu'il porte ni par ce qu'il a fait, mais par lui-même, nu, car sa dignité est dans son être et non dans les accidents de sa vie.

D'autre part, se déchausser c'est montrer ses propres limites, pour que les scories puissent être purifiées par les flammes incandescentes du buisson. Il ne s'agit pas de nier ses limites mais de les présenter devant le feu qui peut détruire les défauts, ou à la lumière de sa splendeur pour leur trouver une place dans l'harmonie de la vie.

Moïse sent le sable brûlant. La chaleur le pénètre et l'enveloppe, tel un manteau qui le couvre et le découvre en même temps. Il est déjà ravi par la divinité. Il a appris la grande leçon : nous ne pouvons pas obliger Dieu à marcher au rythme de nos pas, mais, déchaussés, nous devons nous adapter aux siens.

Pour pénétrer dans le mystère, il faut se dénuder, et toucher avec les pieds la terre de laquelle nous sommes faits. Les sandales ne sont plus nécessaires, car il ne s'agit plus de marcher vers l'avant, mais de s'immerger en profondeur. Fouiller à l'intérieur de soi-même pour percevoir l'incendie qui nous embrase.

Le lieu que tu foules est une terre sainte : Moïse est surpris que ce désert ingrat, refuge des bandits, qui a été sa prison pendant quarante ans, soit canonisé. Il doit se réconcilier avec sa prison. Le désert aride ne sera plus son ennemi mais le pont vers la terre promise. Il n'y a plus de raison de se révolter contre son refuge, mais plutôt de découvrir la valeur de la situation présente en en faisant un point de départ vers l'inespéré.

E- Se voiler la face

Moïse alors se voila la face (Ex 3, 6). Ici, nous rencontrons un autre détail caractéristique d'une expérience mystique. Qui a touché le mystère divin, pour éviter la tromperie des sentiments, ne peut faire autrement que se voiler la face pour entrer dans le sanctuaire de lui-même où se reflète l'essence divine, et ainsi éviter les mirages qui trompent le pèlerin assoiffé.

Ce n'est pas pour ne pas voir, mais pour contempler sur l'écran de son être propre, l'image divine qui a été formée au plus intime de chaque homme et chaque femme. La vie de

Moïse, une fois *au-delà du désert*, est marquée par le feu de l'Horeb, et brûlera sans se consumer. Moïse devient un buisson, en signe d'espérance pour le peuple opprimé par l'esclavage.

Le feu de l'Horeb pose un sceau indélébile sur le berger de Madiân. Son éclat sera toujours sa motivation, et sa chaleur le moteur pour persévérer devant les vents contraires qui menaceront d'éteindre sa flamme.

Cette expérience laisse une trace profonde dans sa vie et marque toute son histoire : il comprendra que devant l'éternité divine tout passe, que les douceurs comme les souffrances de ce monde sont transitoires, et que rien ne peut être comparé à ce feu mystérieux qui ne consume pas le buisson.

La rencontre avec le Dieu-libérateur et la perception de ses signes ne se font que lorsque nous empruntons des chemins vierges et que nous osons rêver à ce que personne n'espère plus. Alors seulement se manifeste le Dieu libérateur.

Tant que nous ne rompons pas les moules préétablis et que nous ne nous ouvrons pas à l'inédit, notre Dieu renoncera à se manifester à l'intérieur des frontières étroites où nous l'avons enfermé. Tant que l'homme n'ouvre pas la porte de son éternité et, déchaussé, ne découvre pas qu'il y a un chemin au-delà des apparences visibles, il n'apprendra pas à être véritablement homme.

Si nous croyons que nous sommes déjà arrivés au but et si nous n'espérons plus de surprises, nous nous rendons aveugles pour découvrir la nouveauté dans ce qu'il y a de plus ordinaire dans notre vie. Nous n'attendons plus d'autres merveilles et les joies s'éteignent.

Quand la routine marque le rythme de l'existence, alors l'on vit dans le pire esclavage "en avant du désert", nourris de l'ennui et revêtus de la monotonie. Cette prison-là ne mérite plus le nom royal de vie.

Dieu n'a pas dit son dernier mot et son imagination n'est pas épuisée. Les choses les plus belles de l'histoire sont encore au calendrier, et non dans les musées avec des relents de nostalgie du temps passé. Un monde nouveau souhaite la bienvenue à celui qui renonce à son propre programme pour aller au-delà de ses schémas rigides.

Seul celui qui décide d'aller *au-delà du désert* est capable de guider son peuple vers la terre promise. Comment pourrait-il guider les autres vers de nouveaux horizons celui qui ne les a jamais affrontés lui-même ?

3 - LA RÉVÉLATION DE DIEU

Les pieds nus sur le sable brûlant, Moïse rencontre le Dieu de l'Horeb. Les langues de feu semblent avoir enflammé son coeur qui brûle d'une flamme céleste, sans toutefois le consumer ni le réduire à néant. Le Dieu du buisson ardent a trois caractéristiques fondamentales.

A- Le Dieu d'Abraham, d'Isaac et de Jacob

Du milieu du feu, animé par un vent d'ouragan, Moïse entend une déclaration solennelle : *C'est moi le Dieu de ton père, le Dieu d'Abraham, le Dieu d'Isaac et le Dieu de Jacob* (Ex 3, 6).

Il ne s'agit pas d'une définition de Dieu mais d'une déclaration d'amitié profonde. Le Dieu de l'Horeb ne ressemble ni au faucon, ni au crocodile, ni au Ra (soleil), qui sont des dieux égyptiens, mais c'est un Dieu fidèle à ses bien-aimés. Il a une relation directe avec la famille de ceux qui ont cru en lui.

Comme la chaleur est unie au feu, Dieu s'est engagé par l'alliance faite à Abraham et renouvelée à ses fils. C'est un engagement inébranlable, auquel Dieu ne peut manquer, car ce serait contraire à sa fidélité[1]. La flamme allumée des siècles auparavant à Aran, terre d'Abraham, transcende les données du temps et de l'espace. Ces serviteurs fidèles sont les ancêtres de Moïse. Le berger de Madiân, qui avait laissé se dessécher les racines de son histoire, doit se réconcilier avec son passé et accepter ceux qui l'ont rejeté.

B- Je Suis Celui qui Suis

Dieu fait son autodescription ainsi : *Je Suis Celui qui Suis.* Il se révèle, mais en même temps il ne peut pas être cerné par l'être humain. Cette révélation divine *"ayah asher ayah"*[2] a été l'objet de nombreuses interprétations. Il s'agit du mystère de Dieu, qui jamais ne peut être appréhendé et qui se glorifie dans son être propre.

Dieu se révèle souverainement libre. Il ne s'enferme pas dans une définition, mais il laisse la porte ouverte pour que nous puissions approfondir toujours plus son inépuisable mystère. Il se donne, mais il ne se laisse pas limiter dans les étroites frontières du savoir humain.

Ce qui est important, c'est qu'aucune description ne peut contenir la totalité divine. On ne peut s'approcher de ce Dieu que déchaussé, non seulement de sandales, mais aussi de l'intelligence. Car s'il ne peut être représenté par aucun bout de bois ou de métal précieux, il n'est pas possible non plus de

---

1- Cette relation est si déterminante que le jour de l'apostasie du veau d'or, lorsque Dieu veut détruire Israël et faire un autre peuple, l'intercesseur a recours précisément à cet aspect pour rappeler à Dieu qu'il ne peut être infidèle à la promesse faite à Abraham, Isaac et Jacob.

2- En hébreu, le verbe *haya* (être) ne s'emploie que dans des situations spéciales, surtout quand il s'agit de souligner une présence ou une finalité (en vue de). Le temps utilisé à cette occasion indique une action qui n'est pas arrivée à son plein accomplissement, soit au présent, soit au passé ou au futur. Etant donné qu'il y a ainsi beaucoup d'interprétations possibles, nous suivrons, quant à nous, la traduction de la Bible de Jérusalem : *Je Suis Celui qui Suis.*

l'enfermer dans un mot, une image mentale ou un concept, puisqu'il est infiniment au-dessus de tout.

Par nature, Dieu ne peut pas être représenté par les pinceaux du plus grand artiste. Il transcende l'imagination des orfèvres et même les concepts les plus élevés des théologiens. C'est pourquoi Israël ne doit pas tenter de le réduire à une image, quelle qu'elle soit, car ce serait oser limiter l'infini divin qu'on ne peut rendre statique.

Dieu, comme le feu du buisson de l'Horeb, ne peut être capturé ni enfermé, car il rompt tous les moules et tous les schémas. Le Dieu réduit à une image cesse d'être Dieu.

Seul celui qui a été incendié par le feu du buisson est capable de pénétrer le mystère de l'éclat divin. Les sages et les prudents de ce monde sont incapables d'entrer dans l'essence de ce mystère. Seul le mystique qui arrive à découvrir que le Nom divin est au-dessus de tout nom, peut franchir cette frontière. Mais aucun terme ou concept ne peut exprimer ce que l'oeil n'a pas vu ni l'oreille entendu.

C- Le Dieu libre et libérateur

Dieu transcende le temps, et en même temps il est le Maître de l'histoire, fidèle au passé, greffé au présent et constructeur du futur. Il n'est donc pas un être éthéré, étranger au temporel, mais un être profondément engagé dans l'histoire des hommes.

J'ai vu, j'ai vu la misère de mon peuple qui réside en Egypte. J'ai prêté oreille à la clameur que lui arrachent ses surveillants. Certes, je connais ses angoisses. Je suis résolu à le délivrer (Ex 3, 7-8).

Dieu ouvre ses "blessures" à son ami. Il se confie et lui montre combien il souffre, tout comme il lui montre son projet de libération. A qui révèle-t-on ses souffrances et ses projets ? Seulement à ses amis. Dieu prend l'initiative de cette amitié qui se tissera sans cesse.

Quand le feu dévorant de l'injustice pharaonique est prêt à exterminer le buisson du peuple d'Abraham, Isaac et Jacob, alors Dieu décide de lancer son plan de libération. Mais avant, il va confier l'intime de son coeur à un ami, ouvrant la source de ses sentiments. Il n'était pas sourd aux cris des opprimés, simplement il gardait le silence en attendant le moment opportun pour faire "échec et mat" au roi de l'injustice.

Le Dieu des ancêtres a vu l'affliction des siens. Il a entendu le cri que leur arrachaient les chefs de corvée et il a décidé de les sauver à tout prix. C'est Dieu qui prend l'initiative. Moïse, contrairement au temps où il tua l'Egyptien, comprend maintenant que la libération n'est pas son affaire, mais celle de Dieu. Il s'agit d'une profonde et radicale conversion.

Dieu est transcendant, non pas pour être séparé de l'homme, mais pour que le monde dépasse les étroites limites de ses conditionnements, qui le rendent esclave dans l'Egypte qui opprime tout être humain. Son feu dévorant envahit les siens, pour qu'ils sortent de toute servitude et qu'ils se mettent en route vers la patrie de la liberté où justice et paix s'embrassent.

Le Dieu de l'Horeb est un Dieu libre et libérateur. Libre comme le vent qui souffle dans les défilés des montagnes et siffle dans les fentes des rochers. Libre comme le feu qui élève ses flammes en des dessins inimaginables et toujours uniques. Libre comme la variété des couleurs des flammes, qui peuvent réchauffer ou calciner.

Dieu ne peut plus supporter l'injustice et descend pour y porter un remède radical. Le feu de l'Horeb rompt les chaînes et ouvre les verrous, parce qu'il allume la flamme de l'espérance qui rend possible la libération de quelque Egyptien que ce soit qui emprisonne l'être humain.

4 - UNE GRANDE MISSION DANS DES MAINS FRAGILES

A- Viens et vois

Dans sa liberté, le Dieu de l'Horeb est en même temps celui qui libère et celui qui confie une mission de salut. Le feu communique ses propriétés au buisson de Moïse. Dieu qui lui avait d'abord dit : *N'approche pas d'ici* (Ex 3, 5), lui dit maintenant : *Viens donc, que je t'envoie en Egypte* (Ac 7, 34).

Avant d'"aller" en Egypte, Moïse doit d'abord "venir" au buisson, abandonner toutes ses limites et ses barrières pour entrer dans le feu même et se convertir en charbon ardent, capable d'illuminer et de guider ce peuple éprouvé qui gémit dans la nuit de ses cachots et les ténèbres de l'injustice.

Dieu a retiré la frontière et délivré le visa pour pénétrer dans son intimité, où il souffre à cause de la douleur de ses amis. Moïse, buisson allumé par le feu de l'Horeb, est appelé à partager les intérêts et les sentiments de Dieu, en s'identifiant avec son projet de salut. Quarante ans auparavant, de sa propre initiative, Moïse avait été rendre visite à ses frères et avait décidé d'en sauver un. Maintenant, il doit s'accorder au plan de Dieu qui ne veut pas sauver des individus isolés mais tout un peuple.

Avant de commencer son travail, il lui faut venir, s'approcher et se laisser brûler pour être capable d'aller et de collaborer à l'oeuvre du salut.

B- Les cinq excuses de Moïse

Moïse se demande sérieusement s'il doit faire le pas suivant ou revenir en arrière. Le fait de renoncer à la routine de Madiân le met devant une alternative encore plus osée : retourner en Egypte signifie s'exposer à être repris pour son assassinat.

Accepter ce que Dieu lui demande est trop risqué ; c'est pourquoi il résiste et essaye de se défiler en présentant une litanie d'objections et d'excuses.

Au moment où on lui demande de changer à nouveau de route, l'inertie du passé le retient. Pendant quarante ans il avait refait sa vie, il avait obtenu la stabilité que peut donner le désert : femme, enfants, travail, religion, tranquillité, et avenir assuré en tondant les moutons. A son âge, quatre-vingts ans, il n'avait qu'une seule prétention : passer le reste de sa vie dans la paix. Il n'y avait aucune raison logique de risquer de perdre encore une fois le peu qu'il avait gagné en tant de temps. Il ne pouvait pas trébucher une fois de plus contre la même pierre, surtout pas de son propre pas. Il n'espérait plus rien de la vie. C'est pourquoi, quand Dieu lui demande de collaborer à sa mission, Moïse résiste et présente une série de justifications.

Première excuse : ma propre incapacité

Moïse ne croit pas ce qu'il entend. Il est absolument convaincu que Dieu s'est trompé dans l'élection du candidat. Et il lui répond : *Qui suis-je pour aller trouver Pharaon ?* (Ex 3, 11).

Quand Moïse demande : "Qui suis-je ?", il montre qu'il a un sérieux problème d'identité. Il ne sait pas s'il est hébreu, égyptien ou madianite. Il n'a jamais réussi à percer cette inconnue essentielle de l'existence. En Egypte, pour lui sauver la vie, ses parents l'avaient enfermé dans un hospice aux barrières d'or, le palais du pharaon. Privilèges et confort lui avaient fait hypothéquer son identité ethnique. A Madiân, il fut pris pour un Egyptien (cf. Ex 2, 19), et lui-même se considérait comme un simple "étranger" dans le désert (cf. Ex 2, 22).

La tragédie de Moïse réside dans le fait qu'à quatre-vingts ans il ne sait pas qui il est, et qu'il refuse donc de reconnaître pourquoi il est venu au monde. Il est dans la confusion la plus absolue au sujet de sa vie.

D'autre part, Moïse se compare non pas à une personne en chair et en os, mais à un titre : pharaon. Il ne parle pas de Ramsès comme une personne mais comme une fonction[1]. C'est pourquoi il se sent inférieur.

La solitude et le silence n'ont pas réussi à faire mûrir Moïse parce que le désert-refuge où il avait fui et où il s'était installé, au lieu de définir sa personnalité, l'avait déstabilisé en rendant sa vie amère et en lui ôtant toutes ses illusions, en enfonçant un peu plus son complexe d'infériorité qui était apparu au palais du pharaon. Seul le désert-chemin peut nous aider à dépasser nos limites ou à les assumer, en nous permettant de lutter contre elles, sans dépression ni abattement.

Il ressasse encore et encore son échec, celui qui l'a découragé pour toute sa vie. Il se considère le plus minable de tous et pense que n'importe qui d'autre peut accomplir cette mission bien mieux que lui-même. La frustation a éteint la flamme du libérateur.

De fait, il est très dangereux de confier une mission si délicate à une personne dont la structure mentale est si déficiente. Mais ce que nous sommes ou ne sommes pas n'est pas un obstacle pour que Dieu réalise son oeuvre à travers nous. Lui ne voit pas ce que nous sommes mais ce que nous pouvons devenir par sa grâce. Sa confiance nous aide à nous revaloriser et nous donne le courage pour faire ce que nous considérons comme impossible selon nos propres forces.

Donc Dieu répond : *Je serai avec toi* (Ex 3, 12). Ainsi se forme l'équipe : Dieu et l'homme, toujours unis. Ceci est une

---

1- C'est en ce sens que Antony de Mello comprend le commandement de Jésus de n'appeler personne "père" ou "maître" ou d'un quelconque autre titre, mais d'entrer dans une relation avec la personne au lieu de rester à la surface de sa fonction.

loi indestructible de l'histoire du salut. Cependant, il nous faut remarquer que Dieu ne dit pas qu'il le fera à sa place, mais qu'il sera avec lui, et que c'est ensemble qu'ils réaliseront la libération de son peuple. Dieu rend sa valeur à celui qui ne se valorise pas lui-même par ce signe extraordinaire : la confiance.

Seconde excuse : c'est ton problème, Seigneur

Moïse dit alors à Dieu : Soit ! Je vais trouver les enfants d'Israël et je leur dis : 'Le Dieu de vos pères m'a envoyé vers vous !' Mais s'ils demandent quel est son nom, que leur répondrai-je ?" (Ex 3, 13).

Alors, Moïse attribue le problème à Dieu :

"Seigneur, moi je ne connais pas ton nom. Quand je leur dirai que... tu m'envoies pour les libérer, ils ne pourront pas savoir qui tu es... Moi, je ne peux pas accomplir cette mission, parce que je n'ai pas de réponse à leur donner... "

Il transfère le problème de l'identité du "qui suis-je ?" au "qui es-tu ?". En général, celui qui ne sait pas qui il est ne sait pas non plus qui est Dieu. Cependant, Dieu lui propose cette réponse :

Je suis celui qui suis. Et il ajouta : voici en quels termes tu t'adresseras aux enfants d'Israël : 'Je suis' m'a envoyé vers vous... C'est le nom que je porterai à jamais, sous lequel m'invoqueront les générations futures (Ex 3, 14-15).

Dieu répond en révélant son nom, c'est-à-dire qu'il se livre à l'homme pour que celui-ci puisse disposer de lui. Découvrir son nom propre est comme se donner soi-même et se mettre à la disposition de celui qui appelle. Dieu s'engage à répondre quand on l'invoque. C'est comme si l'on donnait son numéro de téléphone personnel : tu peux m'appeler quand tu veux pour quelque besoin que ce soit, je te répondrai toujours. Dieu confie son numéro de téléphone rouge auquel il répond personnellement, sans passer par une secrétaire ou une standardiste qui excuse toujours le patron qui est très occupé à des affaires très importantes. Quiconque invoque le nom de Dieu sera entendu directement par lui.

Ainsi donc, Dieu donne cette si belle solution à l'excuse que Moïse présentait pensant qu'elle serait un obstacle infranchissable pour retourner en Egypte.

Troisième excuse : c'est la faute des autres

Alors, Moïse attribue le problème aux autres. La mission est destinée à l'échec à cause de tierces personnes.

S'ils refusent de me croire et de m'entendre, et s'ils me disent : Adonaï ne t'est pas apparu (Ex 4, 1).

Moïse est encore si blessé par le rejet des siens, quarante ans plus tôt, qu'il commet deux graves erreurs d'appréciation :

D'abord, au lieu de dire : "Seigneur, ils ne vont pas te croire", il affirme avec ressentiment : "ils ne vont pas me croire". Il est encore en train de ressasser son rejet passé, et s'attache plus à ce que l'on va penser de lui qu'à autre chose. Il a profondément besoin de se sentir accepté et pris au sérieux par quelqu'un. Jamais personne n'a cru en lui. Soit ils l'ont surprotégé, soit ils l'ont ignoré, mais jamais apprécié pour lui-même.

Deuxièmement, brûlant de douleur, il est incapable d'estimer le peuple : avec ce genre de personnes qui ne veulent pas de libération, on ne peut rien faire. Cela ne vaut pas la peine de faire des efforts. Pourquoi perdre son temps avec eux ? Il vaut mieux penser à autre chose, car avec les malheureux qui ne savent pas accepter de l'aide on ne peut pas compter faire grand-chose.

Moïse était mal prédisposé. Le rejet qu'il avait subi l'enfermait dans un traumatisme amer. Au bout de quarante ans sa blessure n'était pas encore guérie, il n'arrivait pas à sortir des préjugés du passé pour agir librement. Il ne croyait pas les autres capables de changement : comme ils étaient au commencement, ils seraient maintenant et toujours, et pour les siècles des siècles.

Il enfermait les autres sous des étiquettes et n'espérait plus rien d'eux. L'ombre de son échec l'enveloppait comme une anesthésie qui l'assoupissait et le rendait incapable de recommencer :

> "Seigneur, n'oublie pas que j'ai complètement échoué lorsque j'ai essayé de faire quelque chose pour ces gens-là. J'ai perdu tous les avantages que j'avais dans le palais du pharaon et je ne veux plus rien savoir de cela. Cette mission doit être confiée à un autre, plus jeune et plus enthousiaste que moi. Je ne suis définitivement pas la personne indiquée, au contraire."
>
> Mais Dieu lui pose cette question :

"Qu'as-tu en main ?" - "Un bâton", dit Moïse. - "Jette-le à terre", lui ordonna le Seigneur. Moïse jeta donc à terre le bâton qui devint un serpent, devant lequel il eut un recul. Sur ce, Dieu lui dit : "Avance la main et prends-le par la queue !" Il avança la main, le saisit et, dans sa main, le serpent redevint un bâton "... afin qu'ils croient que Dieu s'est bien manifesté à toi, le Dieu de leurs pères, le Dieu d'Abraham, le Dieu d'Isaac et le Dieu de Jacob" (Ex 4, 2-5).

Il y avait quarante ans que Moïse était habitué à ce bâton qui lui servait à conduire ses moutons sur les sentiers du désert. Le feu de l'Horeb ne consume pas son passé, mais lui acquiert une plus-value. Dieu ne méprise pas ces quarante ans de Madiân mais révèle à Moïse ce qui lui était resté caché.

Moïse, en paissant un troupeau de moutons avec ton bâton, tu as fait ton noviciat pour conduire les autres. Ta vie et ton passé ne sont pas perdus, ils contiennent une force et une puissance que tu n'avais pas encore perçues.

Dieu n'ignore pas les obstacles, mais il nous donne le nécessaire pour les dépasser. Il ne fait pas l'économie des problèmes, mais il nous fait découvrir avec quel bâton nous pouvons les résoudre. Il y en a beaucoup qui préfèreraient que Dieu supprime toute adversité afin de ne pas souffrir ni devoir faire des efforts. Mais la tactique divine est de nous préparer et nous fortifier pour vaincre toute difficulté.

Dieu n'utilise jamais la loi du moindre effort, car elle conduit à l'égoïsme et affaiblit le caractère, mais il nous donne la possibilité de mesurer nos forces et de nous rendre compte que nous pouvons sortir vainqueurs de toute situation.

Cette pédagogie divine est merveilleuse parce qu'elle respecte et met en valeur la personne. Si Dieu solutionnait de façon paternaliste tous les problèmes, ce serait mépriser les facultés humaines et rendre l'homme inutile et sans aucune sécurité. Lui seul nous aide à découvrir le "bâton" de nos possibilités humaines, pour que nous ayons la joie de constater qu'il est possible d'aller *au-delà* de ce que nous avions imaginé.

La pédagogie divine est une éducation[1], car elle consiste à aider l'homme à extraire de son intérieur la richesse cachée, et à fouiller dans le champ de sa vie pour découvrir la perle précieuse qui y a été enfouie. Celui qui trouve ce trésor, est capable de tout vendre avec joie pour prendre possession de lui-même.

Moïse, avec son bâton usé, peut faire s'ébranler tout un empire puissant. Nous comptons tous sur notre bâton de berger : nos capacités humaines, notre profession ou nos charismes. Il s'agit des dons naturels avec lesquels nous avons travaillé tout au long de notre vie.

Cependant, il faut remarquer une chose de plus : le bâton miraculeux est susceptible de se transformer en vipère traî-

1- Du latin *ex-ducere* : sortir de l'intérieur. Elle est donc un découvrir.

treuse. Un don ou une qualité peuvent devenir du venin, si nous ne savons pas les "prendre par la queue". Tout charisme comporte un risque. Les grandes vertus sont liées à des intérêts élevés mais qui ont des limites aussi profondes. Je dirais même plus, le pire défaut est presque toujours le fruit d'un excès de la plus grande qualité.

Quatrième excuse : je suis bègue

Moïse cherche à se défiler par tous les moyens de cette mission engageante qu'on essaye de lui confier. Il se replie une fois de plus sur lui-même et se trouve devant la plus extérieure et la moins importante de ses limites.

"E-e-e-coute, Sei-sei-gneur, je-je ss-suis b-bègue."

Excuse-moi, mon Seigneur ! Je n'ai jamais, jusqu'ici, été éloquent, pas même depuis que tu adresses la parole à ton serviteur. Ma bouche est inhabile et ma langue pesante ! (Ex 4, 10).

Tout d'abord, Moïse confond les choses et se méprend sur sa vocation. Dieu ne lui demande pas de surpasser Démostène par d'éloquents discours sur le thème de l'abolition de l'esclavage, ni d'être le porte-voix de la théologie de la libération. Il l'appelle au fait concret de libérer son peuple.

Alors, Dieu joue un tour à Moïse. *Qui a doté l'homme d'une bouche ? Qui rend muet, sourd, clairvoyant ou aveugle : n'est-ce pas moi, le Seigneur ?* (Ex 4, 11).

"Moïse, tu es devant Celui qui fait entendre le sourd et parler le muet... Quel est ton problème ?"

Le timide berger espérait déjà qu'il serait libéré miraculeusement de ce complexe si humiliant. Mais Dieu le surprend en ajoutant : *Vois, je fais de toi un dieu pour pharaon, et Aaron, ton frère, sera ton prophète. Toi, tu lui diras tout ce que je te prescrirai, et Aaron, ton frère le répétera à pharaon* (Ex 7, 1-2).

La réponse de Dieu est aussi merveilleuse que surprenante. Il n'envoie pas un ange avec une braise ardente pour libérer sa langue, mais il lui donne un frère qui supplée à sa déficience.

Ordinairement Dieu ne nous ôte pas nos défauts, mais nous donne des frères pour nous aider et combler nos carences. Plus nous avons de limites, plus nous aurons besoin d'Aarons qui fassent mieux que nous et avec qui nous formions une équipe, afin d'éviter tout individualisme qui conduit à la vanité et à l'autosuffisance, cette grande tentation de tout libérateur.

Une personne chargée d'une grande mission est dotée de grandes vertus mais aussi de terribles défauts. Il y a un sage équilibre qui conjugue les opposés apparemment irréconciliables. Chaque grande qualité porte une ombre, produit d'elle-même. Il faut savoir harmoniser les deux pour s'acheminer vers l'unification de la personnalité. Nous jouissons d'une identité qui ne se réalise que dans la mesure où nous nous unissons avec les dons des autres dans la complémentarité.

Dernière excuse : je ne veux pas aller

Moïse se rend compte que le Seigneur a l'intention de faire s'évanouir toutes ses excuses et qu'il a le dernier mot à toute objection. Alors il l'affronte avec hardiesse. Sans bégayer, il joue sa dernière carte, sûr de gagner :

Excuse-moi, mon Seigneur, charge donc qui tu voudras de cette mission ! (Ex 4, 13)

Moïse ne remet pas en question la nécessité de la libération, mais il ne se considère pas apte pour cette tâche. Voilà la raison de tant de justifications. Tous ses arguments ne sont rien d'autre que la manifestation d'un double problème. D'un côté, il n'est pas disposé à risquer sa vie, qu'il avait déjà refaite à Madiân. De l'autre, il a peur de retourner en Egypte où il était considéré comme un déserteur de justice.

Il préfèrerait la vie sédentaire comme berger de moutons, à celle de pèlerin inlassable qui s'achemine vers la terre promise. Il s'est acclimaté au désert aride et la route qui conduit à la terre où coulent le lait et le miel ne l'intéresse pas. Il n'y a aucun risque à tondre les moutons, comparé à celui de libérer les opprimés.

La monotonie d'un programme préfabriqué lui offre plus de sécurité que l'aventure dans des chemins inconnus. Il ne veut pas s'y risquer une fois de plus. Il a peur d'un nouvel échec. En outre, il a déjà quatre-vingts ans. Il n'est plus un jeune homme pour jouer avec la vie et s'aventurer dans des missions intrépides.

C'est pourquoi il répond sans ambiguïté :

"Ne compte pas sur moi. Je ne suis pas disposé à perdre ce que j'ai gagné."

Il ose même indiquer à Dieu ce qu'il doit faire :

"Le mieux est que tu cherches quelqu'un d'autre. Il y a des gens plus jeunes et plus capables, ayant une plus grande maturité psychologique. Partout tu trouveras des volontaires pour aller libérer les autres. Il y en a beaucoup qui rêvent d'être pères de la patrie et fondateurs d'une nouvelle communauté. Chacun de mes frères lévites espère une telle proposition."

Il avait touché le fond de sa petitesse et il avait pu mesurer avec la paume de sa main l'étroitesse de ses possibilités. Il avait établi le contact avec lui-même, découvrant une couche d'argile très fragile dans son être.

Cette expérience de l'Horeb sera définitive dans la vie du berger de Madiân. Moïse est un envoyé. Ce n'est pas son affaire mais l'initiative divine. Ce n'est pas lui qui a choisi sa mission. Mais le feu brûle tout son être et plus aucun vent de contrariété ne pourra l'éteindre.

La vision et le souvenir du buisson seront sa motivation et son point d'appui devant les aléas de tout pèlerin. Il a été marqué par le feu et ne peut rien faire d'autre qu'incendier les autres avec la même chaleur. Son visage commencera à refléter la splendeur du Dieu de l'Horeb et la lueur de ses yeux fera croire qu'il a été ébloui par l'éclat d'une flamme qui brûle sans jamais s'éteindre.

5 - DIEU A GAGNÉ MAIS MOÏSE N'A PAS PERDU

Moïse a lutté jusqu'au bout. Le combat fut dur, mais son rival était beaucoup plus fort. Il était inutile de continuer de discuter contre la Sagesse et de résister au pouvoir infini de Dieu. Il n'y avait plus de quoi tourner en rond sur le même sujet.

Il se rend sans condition mais non par résignation, car le feu de l'amour l'a revêtu de confiance. Malgré tout, Dieu croit en lui de façon inconditionnelle. La flamme du buisson l'a enveloppé sans le consumer et l'a incendié pour illuminer tous ceux qui vivent à l'ombre de la mort. Dieu a gagné sans que Moïse soit perdant en rien.

Quand nous gagnons sur Dieu c'est que nous perdons, en fait. Mais si le Seigneur sort vainqueur, nous ne sommes pas vaincus. Quand nous résistons et que nos plans s'opposent au sien, c'est le sens de notre vie qui est erroné, et le pire est qu'alors nos frères ne trouvent pas en nous celui qui leur annonce la Bonne Nouvelle que le temps de l'esclavage est terminé et que Dieu va visiter son peuple. Nous empêchons leur libération, ou pour le moins nous la retardons. Le Seigneur a besoin de nous, avec tout ce que nous sommes et avec nos limites.

Moïse, donc, prend la décision difficile de retourner en Egypte. Bien que tout lui disait qu'il était plus confortable de continuer dans le refuge de Madiân, il décide une fois de plus de renoncer à sa stabilité et de se risquer à construire un nouvel avenir.

Ce jour-là, il rentra beaucoup plus tard avec ses moutons. Il eut un peu de nostalgie en fermant la porte du bercail. A pas lents, il se dirigea vers l'entrée de la tente et raconta à son beau-père tout ce qui lui était arrivé. Cet ancien, plein de sagesse, homme généreux, croit autant en Moïse qu'en Dieu. Il ne le retient pas pour ses intérêts propres mais lui répond plutôt :

> "Il est certain que tes frères sont plus importants que mes moutons. Moi, je ne sais pas ce que je vais faire demain, car je n'ai personne pour garder mon troupeau, mais c'est mon problème, le tien est différent. Chacun est responsable de sa mission. Pour moi, ce serait bien mieux que tu restes, car tu fais partie de la famille et tu as de l'expérience au travail. Il ne me sera pas facile de te remplacer, mais tu es appelé à quelque chose de plus grand que tondre les agneaux. Un nouvel horizon s'ouvre pour toi au-delà des troupeaux. L'heure a sonné où tu dois répondre de toi-même et ne plus dépendre ni d'aucun pharaon ni d'aucun beau-père. Si Dieu a cru en toi, et moi aussi, tu dois saisir cette chance pour avoir confiance en toi."

Bien que Jéthro ne tenta pas de le retenir, il eut quand même la gorge nouée quand il lui dit : *Va en paix !* (Ex 4, 18). Jéthro, prêtre de Madiân, ne fait pas de chantage à Moïse, au contraire il l'appuie et l'encourage.

Ceci est encore plus étonnant quand nous nous souvenons que Jéthro est un ministre d'un autre culte, d'une autre religion, et que malgré cela il reconnaît l'authenticité de la vocation de son gendre. Il a discerné que la vision du buisson n'est pas une hallucination du désert et que Moïse a véritablement

ment trouvé le sens de son existence. Il n'essaye pas de le convertir à sa religion, de laquelle, sans doute, il était convaincu. Non seulement il le laisse aller, mais il lui offre le cadeau le plus grand dont Moïse avait besoin à ce moment de crise : la paix qui jaillit de la confiance.

Ainsi donc, Moïse emprunte le difficile chemin du retour pour affronter son passé. Auparavant il avait fui, maintenant il se décide à assumer sa souffrance pour la vaincre. Il va souffrir pour ne plus souffrir.

A l'école de Madiân, Moïse a appris des choses qu'il n'oubliera jamais et auxquelles il fera référence plus tard :

- C'est seulement *au-delà du désert* que l'on rencontre le Dieu de nos pères.
- Dieu est si intouchable, comme le feu lui-même, qu'il se révèle caché, et caché se révèle.
- Dieu est celui qui est, et ce sera toujours ainsi.
- C'est le Dieu d'Abraham, d'Isaac et de Jacob.
- Il me fait confiance et me partage ses sentiments pour me faire entrer dans son amitié.
- C'est Dieu qui prend l'initiative, non pas moi, pour libérer son peuple de l'esclavage.
- Dieu est plus grand que toutes mes résistances.
- Dieu ne rejette pas mon bâton de berger, mais il me fait découvrir des choses que j'ignorais.

3

L'école du désert

Le désert est le pont qu'il faut nécessairement traverser, puisqu'il se trouve entre l'Egypte et la Palestine. Il n'y a pas d'autre chemin pour arriver à la terre promise.

Dans son aridité et sa monotonie on perd tous les charmes des choses superficielles, et on se centre sur l'essentiel. C'est un lieu d'épreuve où le peuple se forge intérieurement. Dieu s'est servi de ce four de purification pour éduquer et former les nouveaux libérés du joug du pharaon.

Souviens-toi des marches que le Seigneur ton Dieu t'a fait faire pendant quarante ans dans le désert, afin de t'humilier, de t'éprouver et de connaître le fond de ton coeur (Dt 8, 2).

Dans la solitude, qui favorise l'intimité, Dieu parle au coeur de son peuple et le séduit pour qu'il le serve en toute fidélité (cf. Os 1, 16). Le tarif du péage de cette route est très élevé, parce que le but auquel il aspire a grande valeur : la terre où ruissellent le lait et le miel, que Dieu a promise aux Patriarches.

1 - COMMENCER N'EST PAS FACILE

Moïse savait bien que la mission qui lui était commandée impliquait d'énormes risques. C'est peut-être pour cela qu'il a tant résisté. Mais dès qu'il entra en Egypte, il se trouva devant des problèmes beaucoup plus grands que ceux qu'il avait imaginés. Pourquoi les choses étaient-elles si compliquées, si le Seigneur des armées l'envoyait et l'appuyait de tout son pouvoir céleste ?

Rien de transcendant ne se construit sans difficulté, mais une chose est certaine : le plus difficile est d'accepter les conséquences d'une décision.

A- Problèmes avec le pharaon

Moïse et Aaron s'en vinrent ensuite trouver Pharaon et lui dirent : Ainsi parle Adonaï, le Dieu d'Israël. Laisse partir mon peuple, qu'il célèbre une fête en mon honneur dans le désert (Ex 5, 1). Moïse et Aaron présentèrent leur stratégie, qui renfermait une duperie géniale :

> "Le Dieu de nos pères veut que tu laisses sortir son peuple pour qu'il lui offre un sacrifice dans le désert."

Ils ne se risquèrent pas à demander la liberté totale, et se contentèrent d'un sauf-conduit pour accomplir un devoir religieux, au lieu d'exiger un droit naturel qui était tout à fait légitime. Ils faisaient demi-tour en pensant avoir laissé allumée la mèche du feu de la libération qui ne s'éteint pas, et en pensant que leur mission était terminée, quand le pharaon leur dit :

Qui est Adonaï à qui je devrais obéir en laissant partir Israël ? J'ignore tout d'Adonaï ! Quant à Israël, je ne permettrai pas qu'il s'en aille ! (Ex 5, 2).

> "Je n'ai aucune raison de tenir compte de votre Dieu. Moi, je ne connais que Ra, Ptah et Amon. Vous pensez offrir des sacrifices, parce qu'ils n'ont pas assez de travail. Désormais, ils devront me fournir la même quantité de briques cuites au feu, mais vous devrez vous procurer vous-mêmes la paille pour les fabriquer. Nous ne vous approvisionnerons plus, nous."

B- Problèmes avec les Hébreux

Les scribes des fils d'Israël se trouvèrent bien embarrassés, car au lieu d'avoir obtenu la liberté demandée, ils étaient encore plus esclaves. Alors, ils réagirent en cherchant un coupable et se tournèrent vers celui qu'ils jugeaient être la cause de tous les maux.

> "Moïse, depuis que tu es allé voir le pharaon pour lui demander notre liberté, la situation est pire qu'avant. Toi, qui es-tu pour te faire notre avocat ? Qui t'a nommé notre chef ? Va t'occuper des moutons là-bas dans le désert. Laisse-nous avec nos chaînes et nos complexes. Qui t'a demandé d'intercéder pour nous ? Regarde la catastrophe de ton intervention. Maintenant, nous sommes pires qu'avant... "

Moïse avait été rejeté quarante ans auparavant, quand il avait essayé de libérer les siens. Cette blessure l'avait éloigné d'eux, et si cela n'avait pas été par ce feu mystérieux de l'Horeb, jamais il ne serait revenu vers eux. Et maintenant qu'il obéit à l'ordre divin, la même expérience douloureuse se répète : de nouveau il est répudié.

Cependant, cette fois-ci il a une arme pour combattre : il ne cherche aucun intérêt personnel, mais il veut servir les autres de façon désintéressée. Son attitude a changé. Il tient le serpent venimeux par la queue et il va essayer de le dominer, en faisant face à tout.

Moïse, insulté, ne rend pas l'offense mais va présenter sa douleur à Dieu et lui montrer ses blessures pour qu'il les guérisse. Alors, il peut réclamer avec la confiance d'un ami.

> "Seigneur, pourquoi m'as-tu envoyé ? Ne t'ai-je pas dit que je ne voulais pas y aller ? Tu m'as promis de les libérer et tu ne fais rien. Pourquoi maltraites-tu ce peuple ? Regarde, depuis que j'ai vu le pharaon, la situation est pire qu'avant."

Dieu, en père compréhensif, apaise d'abord le coeur éprouvé de Moïse, en lui donnant une caresse d'espérance.

"Ne t'inquiète pas, Moïse. Tu verras d'ici peu comment je vais traiter Pharaon. La force le contraindra de les laisser partir. Elle ira même, cette force, jusqu'à les expulser de son territoire !" (cf. Ex 6, 1).

Dieu promet qu'il va agir avec puissance, mais ne précise ni comment ni quand. C'est le clair-obscur de la foi, qui est réel, mais ne se concrétise pas et ne se matérialise pas. Un ami de Dieu peut le croire, mais quelqu'un qui ne le connaît pas pensera que c'est une illusion subtile.

Voilà la guérison de la blessure du rejet. La parole du Seigneur, qui est comme un baume d'espérance, soigne ses expériences négatives d'échec et le libère de ses complexes. Bien que parfois Dieu ne supprime pas "l'écharde dans la chair", il apprend à marcher sur les eaux déchaînées, rendant l'homme capable, par la grâce, de naviguer au milieu des tempêtes et des vents contraires, sans faire naufrage ni périr.

Les Israélites ne voulaient pas payer le prix de la libération. Il est plus aisé de vivre les habitudes de l'esclavage, que d'entrer dans des chemins nouveaux dont tout est inconnu. Beaucoup préfèrent répéter les mêmes pas d'esclaves, au lieu de s'aventurer par les sentiers vierges qui conduisent au jour qui ne connaît pas de déclin.Presque toujours, lorsque le salut s'approche, les choses empirent. Plus les ténèbres sont denses, plus proche est l'aube.

On présentait à Moïse le confort de la routine sur un plateau d'argent. Etant rejeté par le pharaon et par les Hébreux, il pouvait retourner vers Dieu et lui montrer qu'il avait raison et que donc il était juste qu'il aille de nouveau garder les moutons dociles et se laisser porter par la loi du grand nombre.

Les Hébreux eux-mêmes lui demandaient de repartir à Madiân. Moïse doit prendre une décision personnelle :

continuer, conscient que les problèmes ne disparaîtront jamais, ou retourner au monde grégaire où tout est programmé par la routine. Plus personne ne l'appelle et l'on n'a plus besoin de ses services.

Que doit-il faire ? Lui, et lui seul, doit décider pour lui-même. Pourquoi continuer, s'ils ne le croient pas ? Quel est l'intérêt de continuer si tout le chemin est parsemé d'écueils ? Quel avantage obtiendra-t-il en échange de tant de sacrifices ?

L'auteur de l'Epître aux Hébreux résume magistralement cette attitude dans la vie de Moïse *Aimant mieux être maltraité avec le peuple de Dieu que de connaître la jouissance éphémère du péché... Il avait, en effet, les yeux fixés sur la récompense* (He 11, 25-26).

Moïse ne veut plus être un libérateur. Il n'ambitionne ni titres ni gloire. Maintenant, il cherche à libérer le peuple. Du plus profond de son être, il opte pour la route épineuse qui mène à la libération. Au lieu du chemin facile du moindre effort, il décide d'aller au but par la voie étroite.

2 - LES PROTAGONISTES DE L'HISTOIRE

Les plaies d'Egypte sont un des passages les plus connus et les plus commentés de l'Exode, c'est pourquoi nous ne nous arrêterons pas à analyser ces dix chapitres. Il faut simplement préciser qu'il ne s'agit pas tant de châtiments que d'occasions données au pharaon pour qu'il puisse constater que c'est la Parole de Dieu qui s'accomplit.

A partir de cette singulière histoire, nous présenterons les trois protagonistes de tout itinéraire qui va de l'esclavage à la liberté :

- Dieu, avec son projet salvifique :
Dieu décide de rompre la chaîne de l'esclavage par les deux bouts : affranchir le peuple hébreu de l'oppression et libérer les Egyptiens de leur attitude d'oppresseurs. Pour cela, il remuera ciel, mer et terre ; il suscitera des phénomènes extraordinaires afin de mener à bien son plan de salut.

- Pharaon, qui s'oppose au changement :
Se confondant avec ses intérêts, il s'engage dans une dure résistance contre le plan salvifique, fermant sept fois son coeur.

- Moïse, comme catalyseur de la libération :
Il s'affronte au pouvoir établi et réclame les droits de son peuple.

Ce sont les mêmes trois protagonistes du drame de la vie : Dieu qui cherche la liberté des siens entre un pharaon qui résiste et un Moïse qui ne s'arrête pas. Pharaon et Moïse luttent dans le coeur de chaque homme et chaque femme, comme dans chaque peuple et chaque communauté.

A - Dieu

Adonaï est le Seigneur d'Egypte qui, en tant que tel, procure le bien à tous les siens, même au prix d'un déplacement du pharaon ou d'un anéantissement de son armée. Les plaies, qui sont une occasion pour que le pharaon se ressaisisse et cesse de causer tant de désastre aux Egyptiens, ne sont pas le dernier mot de l'action divine. Plus que cela, elles apparaissent lorsque le pharaon refuse d'écouter la parole de Dieu.

Cette histoire est tissée de différents fils, mais avec un seul propos : *Que les Egyptiens reconnaissent que Je suis Dieu* (Ex 7, 5). C'est pourquoi Dieu lutte à mort contre celui qui usurpe son poste et attente à sa seigneurie.

Donc, il ne s'agit pas de châtiments contre l'Egypte, mais contre ceux qui, depuis le pinacle du pouvoir, font obstacle à la vraie liberté des Egyptiens. Dieu est le Maître de l'histoire, capable de révolutionner la face de la terre, et même de provoquer certaines douleurs d'enfantement afin de faire naître le jour du salut, qui anéantit les ténèbres de l'injustice.

Dieu décide, planifie, et mène à bien la libération. Il y a un détail grammatical que l'on ne peut pas traduire facilement : quand le texte hébreu dit que le peuple *sortit* d'Egypte, *traversa* le désert et *entra* en Canaan, il utilise la forme verbale que l'on appelle "hifil", du mode causatif.

C'est dire que ce n'est pas Israël qui sort de l'esclavage, mais que c'est Dieu qui l'en sort. Plus qu'une marche volontaire dans le désert, c'est Dieu lui-même qui les mène et les conduit. La conquête de Canaan exige certainement la collaboration du peuple, mais c'est essentiellement l'oeuvre de la puissance divine.

Le récit de l'Exode, dans la majeure partie de ses verbes se référant au binôme sortir-entrer, est exprimé en "mode hifil", pour souligner que Dieu est le Maître de l'histoire, qu'il ne manipule pas les hommes comme des marionnettes, mais qu'il est au-dessus de toutes les contingences pour faire avancer son plan salvifique et libérateur. Non seulement il annonce et promet la libération, mais c'est lui-même qui s'engage à la faire aboutir, quelqu'en soit le prix.

Le "hifil" rappelle constamment que Dieu est le chef d'orchestre qui, dans le concert de l'histoire, tient la baguette pour harmoniser toutes choses ordonnées au but que son peuple vive la pleine liberté.

Il n'y a qu'une solution pour trouver la porte de sortie des labyrinthes de l'incompréhensible, l'espérance quand tout s'écroule, la lumière dans les ténèbres et l'explication de l'absurde : c'est conjuguer la vie en "hifil". Dieu tient le fil de l'histoire, envers et contre tout.

B- Le pharaon

C'est un homme intelligent, gratifié d'extraordinaires qualités politiques. Il reconnaît le Dieu des Hébreux. Il est même capable d'admettre son péché et de demander pardon (cf. Ex 10, 16). Mais à l'heure de vérité, il n'est pas disposé à changer ni à faire quoi que ce soit pour améliorer les choses, car "tout va bien".

Il veut bien négocier, mais à condition que son image ne perde aucune valeur et que son autorité ne soit pas détériorée. Emprisonné par ses intérêts personnels et conditionné par sa position au sommet de la pyramide, il doit maintenir un dangereux équilibre pour ne pas tomber de la corde raide de l'injustice.

Bien que les signes des temps lui indiquent que l'heure du changement a sonné, il ne bouge pas un doigt en ce sens. Il ne peut pas agir avec liberté, parce qu'il est esclave autant du pouvoir des conditionnements que des conditionnements du pouvoir.

S'il laissait sortir les esclaves hébreux :
- le système égyptien entrerait dans le tunnel d'une grave crise ;
- la base de la pyramide sociale, qui supporte les puissants sur leurs trônes, s'écroulerait ;
- l'économie du pays souffrirait une récession ;
- et par-dessus tout, son autorité serait compromise. Or, le pharaon est là pour maintenir la structure, pour défendre les principes et pour que personne ne discute son pouvoir absolu.

Le pharaon est le pharaon. Il est investi d'un titre et il s'identifie avec les emblêmes de sa charge. Il est si conditionné par l'image pharaonique qu'il ne peut s'empêcher d'agir selon les canons du protocole et la tradition des dix-sept dynasties qui l'ont précédé. Pour le pharaon, les choses ne peuvent ni ne doivent changer. Il a été choisi parmi tous les êtres humains et entouré d'une auréole divine pour maintenir inamovible la structure de la pyramide de la société égyptienne.

Selon la Bible, le pharaon endurcit sept fois son coeur (cf. Ex 4, 21 ; 14, 22 ; 8, 11 ; 15, 28 ;), pour faire comprendre qu'il s'agit d'une attitude de vie. Il reste enchaîné parce qu'il décide d'être à jamais le pharaon. Il est sûr de marcher sur le chemin de la vérité, la lampe de l'infaillibilité d'une main et le sceptre du pouvoir universel de l'autre. Par conséquent, il n'a aucune raison de se remettre en question ni d'admettre qu'un autre allume la torche du doute qui cherche la vérité et la justice.

Le pharaon n'est pas seulement un personnage en chair et en os décoré à la mode des Egyptiens, mais c'est aussi le type de tout homme qui tente de détenir le plan de salut.

Le peuple d'Israël est aussi un "pharaon" quand il refuse d'être libéré, quand il veut faire marche arrière dans le désert ou qu'il craint les combats pour conquérir la terre promise. C'est impressionnant de voir combien ce peuple, qui a secoué le joug de l'esclavage d'Egypte, reste esclave de son passé et a peur de la responsabilité de la liberté. [1] Il n'accepte pas le défi du changement. Il préfère les chaînes plutôt que porter les yeux vers l'horizon et lever l'ancre qui le retient.

Dans la traversée du désert, il se plaignait tout le temps, au souvenir des oignons d'Egypte. Il avait peur de continuer. Il appelle même l'Egypte "la terre où coulent le lait et le miel". Il murmure, perd confiance et veut remonter l'horloge de l'histoire. Le plus grand ennemi de la libération n'est pas Ramsès II, mais le peuple qui ne veut pas sortir.

Après la conquête de Canaan, il s'installe de telle façon qu'il est de nouveau esclave. Il érige des autels aux Baals. Au

1- E. Fromm, *La peur de la liberté.*

lieu de mettre sa confiance en Dieu, il fait alliance avec les puissants de la terre, établit une injuste structure sociale (dénoncée par les prophètes, avec en tête Isaïe et Amos) qui est une nouvelle prison où les uns et les autres deviennent des esclaves, une pyramide sociale où les pauvres, les veuves et les orphelins sont exploités par les puissants. Le pharaon égyptien se déguise en hébreu et déménage en terre promise...

C- Moïse

A quarante ans, il avait rompu avec son cadre égyptien et remis sérieusement en question la société injuste. Il avait réagi avec tant de violence qu'il avait tué celui qu'il jugeait être à l'origine de tous les maux. Sa vie avait alors changé.

Plus tard, à quatre-vingts ans, il réduisit de nouveau en miettes son système de pensée par la question : "Pourquoi le buisson ardent brûle-t-il sans se consumer ?" Une fois de plus sa vie doit prendre un sacré virage.

Moïse cherche des solutions, bien qu'il doive affronter l'inconnu. Marcher sans s'arrêter pour réaliser le plan de libération. Il quitte sa tradition et sacrifie tout ce qui est nécessaire pour un seul but : la liberté de son peuple.

Il a l'audace qu'il faut pour ébranler la solide institution et il est capable de mettre en question la pyramide sociale. Il ne se laisse pas impressionner par le sceptre du pharaon, et ne se trouble pas devant les caprices du pouvoir institutionnalisé. Il sait négocier en tête-à-tête avec le puissant.

D'une part, il renonce à la violence qui autrefois lui avait rapporté tant d'intérêts, et il use du pouvoir de persuasion de la Parole divine qui l'a séduit au sommet de l'Horeb. D'autre part, il n'a plus peur de représailles personnelles (cf. Ex 10, 28) et ne cale pas devant le prix qu'il devrait avoir à payer pour son audace. Il brûle les bateaux dans lesquels il a navigué pour ne plus pouvoir faire marche arrière. Il est absolument convaincu que les structures d'injustice doivent tomber, mais avant, il a changé lui-même en ouvrant les portes aux surprises de l'avenir imprévisible.

A chaque étape de l'histoire salvifique de tout homme, apparaissent toujours les trois mêmes personnages : Dieu qui veut libérer, Pharaon qui s'y oppose, et Moïse qui est disposé à collaborer au plan de Dieu.

Si "pharaon est tout ce qui nous conditionne", combien d'attitudes pharaoniques y a-t-il en chacun de nous ! Comme nous ressemblons au roi d'Egypte, du haut de la modeste pyramide au sommet de laquelle nous nous sommes placés !

Nous ne tolérons pas que l'on remette en question notre autorité. Nous défendons la structure tant qu'elle nous maintient, et nous mettons en avant les intérêts qui nous arrangent plutôt que ceux qui s'imposent à nous. Nous avons échangé le sceptre de Pharaon et les vêtements égyptiens pour les symboles du pouvoir et les conventions de notre société. Nous luttons pour maintenir notre statut, démontrer notre autorité et affermir le piédestal de notre image. Nous vivons installés, et nous fermons les portes à tout vent de changement. Nous faisons reluire notre effigie en nous délectant à l'odeur de l'encens. Si nous obtenons un titre, nous devenons des dictateurs. Nous nous faisons des guirlandes d'olivier et nous souffrons quand les autres ne saluent pas nos succès. Nous n'acceptons pas la seconde place. Nous nous transformons en Pharaon chaque fois que nous agissons en vue de voler un siège, d'être les protagonistes dans le scénario de la vie, ou quand nous sommes esclaves de quelque conditionnement.

D'autre part, nous ressentons notre vocation à la liberté : abandonner la prison des apparences extérieures et des masques. Nous essayons de les enlever et nous rejetons le maquillage qui dissimule la vérité de notre être. Nous ne supportons plus les chaînes, car au fond, nous reconnaissons que l'important est ce que nous sommes et non ce que nous faisons. En chacun de nous sont enracinées la faim de justice et la soif de liberté.

Voilà le drame de notre vie : le pharaon qui subsiste et lutte pour s'approprier le rôle principal, et le Moïse qui veut libérer et se libérer, bien qu'il lui faille mourir à lui-même.

L'Ouverture 1812 de Tchaïkovsky, qui évoque l'invasion de Napoléon en Russie, conjugue deux mélodies. Quand l'armée française s'avance dans les plaines de Russie, ce sont les accords de la Marseillaise qui dominent, mais quand l'armée du Tzar est en train de gagner, alors on entend l'hymne russe. Dans la vie de l'homme il y a aussi une symphonie où luttent à mort la mélodie du pharaon qui veut envahir la liberté et le chant de la liberté qu'entonne le Moïse vivant dans l'être humain.

Tous ceux qui assument le rôle de pharaon sont destinés à devenir une momie embaumée dans un musée, comme Ramsès II au musée du Louvre à Paris, tandis que le libérateur restera présent dans le bonheur de ceux à qui il aura facilité la libération. L'Egypte reste dans l'histoire simplement comme "la maison de l'esclavage", tandis que la terre promise est synonyme de retour à l'ère paradisiaque.

3 - LA GRANDE FUITE

A- Préparer le passage de Dieu

Chacune des dix plaies étaient une marche qui rapprochait de la libération imminente. Cependant, il est très intéressant de voir que le texte biblique accorde plus d'importance à la préparation du passage de Dieu qu'à la sortie elle-même. Celle-ci est relatée de façon si laconique qu'il faut presque une loupe pour la percevoir. Alors que la préparation de la Pâque remplit presque tout le chapitre 12 de l'Exode.

Il semble que pour l'auteur sacré, il était plus important de noter tous les détails qui précédaient le passage de Dieu qui, lui, est si fugace. Il veut souligner que, pour être efficace et produire tout son effet salvifique, la visite de Dieu doit être précédée d'une attente active. La foi expectante est le champ fertile où fructifient les théophanies : savoir que vient l'heure favorable, qu'est arrivée l'année de grâce, que se termine l'ère de l'esclavage et que d'un moment à l'autre Dieu va passer pour libérer son peuple (cf. Ex 12, 23).

B- La sortie d'Egypte

Dieu dit à Moïse et à Aaron au pays d'Egypte : ce mois viendra pour vous en tête des autres : vous en ferez le premier des mois de l'année. Adressez-vous à toute la communauté d'Israël en ces termes : le dix de ce mois, procurez-vous chacun une tête de petit bétail par famille : une tête de petit bétail par maison. Si la famille est trop peu nombreuse pour consommer l'animal, on s'associera avec son voisin, le plus proche de la maison, selon le nombre des personnes. Vous tiendrez compte de l'appétit de chacun pour déterminer le nombre des convives. La bête sera sans tares, mâle, âgée d'un an. Vous la choisirez parmi les moutons ou les chèvres. Vous la garderez jusqu'au quatorzième jour de ce mois, alors l'assemblée entière de la communauté d'Israël l'égorgera entre les deux soirs.

On prendra de son sang, et on en mettra sur les deux montants et le linteau de la porte des maisons où on la mangera. Cette nuit-là, on mangera la chair rôtie au feu ; on la mangera avec des azymes et des herbes amères. N'en mangez rien cru ou bouilli, mangez-la seulement rôtie au feu, avec la tête, les pattes et les tripes. Vous n'en réserverez rien pour le lende-

main. Ce qui en resterait au point du jour, vous le brûlerez au feu. Vous la mangerez ainsi : les reins ceints, sandales aux pieds, le bâton à la main. Vous la mangerez en toute hâte : c'est une pâque en l'honneur du Seigneur. Cette nuit-là je parcourrai le pays d'Egypte et je frapperai tous les premiers-nés dans le pays d'Egypte, ceux des hommes et ceux des bêtes, et à tous les dieux d'Egypte j'infligerai des châtiments, moi Adonaï (Ex 12, 1- 12).

Cette nuit-là ils devaient manger un agneau, l'agneau pascal, et marquer les linteaux de la porte de chaque maison pour que l'ange exterminateur passe outre et ne blesse pas à mort le premier-né. Ils firent cela si vite que la pâte n'eut pas le temps de lever et qu'ils mangèrent des "matzot", des pains sans levain.

Le sang vous servira à désigner les maisons où vous vous tenez. A la vue de ce sang, je passerai outre et vous échapperez au fléau destructeur (Ex 12, 13). Le sang de cet agneau sert de signe de salut pour les habitants de la maison. Ce sacrifice n'est pas vain, mais il est source de vie et de salut pour les autres.

C'est armés de pied en cape que les fils d'Israël quittèrent le pays d'Egypte (Ex 13, 18). A minuit, ils commencèrent l'exode. Les grilles de la prison étaient ouvertes et il fallait saisir l'occasion : ils prirent leurs familles, leurs troupeaux et leurs biens, et s'enfuirent. Ce fut une nuit plus lumineuse que le milieu du jour lui-même. Finis peines et souffrances, larmes et gémissements sous les fouets des cruels chefs de corvée. Plus jamais d'ail et d'oignons. Il est arrivé le jour de la libération pour les fils d'Abraham, Isaac et Jacob.

La sortie d'Egypte n'est rien d'autre que le tremplin pour entamer la marche *au-delà* de l'esclavage. Chacun de nous vit une Egypte qu'il faut d'abord identifier pour pouvoir ensuite rompre les chaînes de la dite prison. Le défi est de se décider à abandonner la servitude, intérieure ou extérieure, physique ou spirituelle, personnelle ou sociale.

Comme l'agneau pascal, toute souffrance et tout sacrifice ont un sens et une signification pour le salut, avec une condition : que cet holocauste soit allumé par le feu de l'Horeb. Sinon, ce n'est qu'une pratique mauvaise de religion inhumaine et reflet d'un masochisme maladif.

Il est capital de noter que la libération est une affaire communautaire. Quarante ans plus tôt Moïse avait tenté de libérer une personne, au contraire maintenant il s'agit de la libération de tout le peuple. Le même Moïse ne consent pas aux propositions du pharaon qui ne veut libérer qu'une partie du peuple. Soit ils restent tous sous le joug de la servitude, soit ils s'en vont tous vers la terre promise.

C- Un itinéraire tortueux

Mes pensées ne sont pas vos pensées et mes voies ne sont pas vos voies, oracle du Seigneur. Haut est le ciel au-dessus de la terre, aussi hautes sont mes voies au-dessus de vos voies et mes pensées au-dessus de vos pensées (Is 55, 8-9).

La ligne droite est le chemin le plus court entre deux points. Le mieux pour aller en Canaan était la Via Maris, qui longe la côte méditerranéenne et passe par El-Kantara, qui est jalonnée de puits et parsemée de petits villages.

Lorsque Pharaon eut laissé partir le peuple, Dieu ne lui fit pas prendre la route du pays des Philistins, bien qu'elle fût plus directe. Dieu s'était dit qu'à la vue des combats à soutenir, le peuple pourrait se repentir et regagner l'Egypte. Dieu fit donc suivre au peuple la route détournée du désert de la mer des Roseaux (Ex 13, 17-18a).

Il fallait d'abord qu'ils gagnent leur liberté intérieure, abolissant le complexe de servitude et hissant la bannière de la libération intérieure. Ils n'étaient plus à l'ombre de la pyramide de Gizé, mais il fallait qu'ils sortent des autres "Egyptiens" qui emprisonnent plus qu'aucune autre chaîne.

Moïse, craignant qu'une entreprise d'une telle ampleur fasse trembler de peur les faibles Hébreux, et pour éviter le fiasco, décida de faire un tour par la péninsule du Sinaï. Si toutefois ils pouvaient y faire une rencontre face à face avec le Dieu de l'Horeb, ils pourraient supporter toute sorte d'adversité ! Si toutefois ils étaient incendiés par le feu du buisson, leur peur se consumerait et ils assumeraient le chemin rocailleux comme véhicule qui conduit à la terre promise !

La meilleure route n'est pas toujours la plus rapide ni la plus courte, mais celle qui nous assure d'atteindre le but final. La stratégie est fondamentale et c'est précisément ce qui caractérise un bon leader. Moïse décide d'éviter momentanément les terribles Philistins. Il n'affrontera pas les Cananéens et ne provoquera pas les Jébuséens. Ce n'est pas de la lâcheté, mais plutôt savoir attendre le moment propice pour lancer le combat définitif.

Il y a des ennemis que l'on ne vainc pas en les affrontant en face, mais en attendant le moment opportun pour les attaquer. Il fallait d'abord gagner la bataille dans le coeur des Hébreux. Ainsi, il décida de défier les immensités du désert inhospitalier, en route vers la montagne de Dieu.

4 - LA MER ROUGE : TROIS IMPOSSIBLES

Lorsqu'on informa le roi d'Egypte de la fuite du peuple, le coeur de Pharaon et de ses courtisans changea à l'égard du peuple. Ils dirent : Qu'avons-nous fait là, de laisser partir Israël qui ne nous servira plus ! Pharaon fit atteler son char et emmena ses troupes. Il prit six cents des meilleurs chars et tous les chars d'Egypte, chacun d'eux monté par un équipage d'élite (Ex 14, 5-7).

A peine les Hébreux eurent-ils quitté la terre du lotus et du papyrus que le pharaon se repentit une fois de plus d'avoir perdu la main-d'oeuvre gratuite, et il voulut la récupérer. Il équipa les chars de puissants chevaux, convoqua les mille huit cents soldats de la garde d'honneur, et se lança à la poursuite des déserteurs qui n'étaient pas armés.

A- La nuit de la terreur

Les enfants d'Israël... furent saisis d'un grand effroi (Ex 14, 10). Ce soir-là, le peuple avait établi son camp à Baal-Cephôn, face à la mer des Roseaux [1], qui s'interposait au passage des Hébreux par ses grandes eaux.

Les ombres fuyaient à mesure que la nuit tombait sur le campement, tandis que le vent soufflait dans les défilés et ses rugissements créaient une ambiance très tendue. De ci, de là, on allumait des foyers pour se protéger du froid du désert. Les hommes marchaient nerveusement, les femmes avaient déjà fait rentrer les enfants sous les tentes depuis longtemps, et le va-et-vient des vagues de la Mer Rouge ne cessait de répéter que personne ne pourrait passer par là.

Tout d'un coup, un cri de terreur surgit du silence : "Les Egyptiens !" Tel un spectre de mort, la nouvelle se répandit dans tout le camp. Dès qu'il comprit quel danger menaçait tout le peuple, Moïse convoqua d'urgence son conseil de sécurité pour prendre la décision adéquate. La lueur tremblante de la lampe à huile accentuait la pâleur du visage du libérateur, qui était paralysé par la surprise et contaminé par le désespoir de son peuple.

1- Connue aussi sous le nom de "Mer Rouge" ou de "Mer des Joncs".

Les anciens, aux longues barbes blanches, partant de la constatation que, fascinés par le mirage de Moïse, ils avaient commis une imprudence en sortant d'Egypte, arrivèrent à la conclusion hâtive qu'il n'y avait que deux solutions, comportant toutes les deux de grands risques. Toutes les autres issues étaient barrées.

- S'affronter courageusement à la mort :
Selon la devise "mort ou liberté", ils argumentaient : "Nous ne pouvons pas rester inactifs. Prenons les armes et défendons nos droits. Si c'est nécessaire, nous livrerons notre vie et nous serons de vaillants martyrs. Ecrivons glorieusement la dernière page de notre histoire. Si nous allons à la mort, gardons la main sur l'épée de l'honneur."

- Retourner à l'esclavage d'Egypte :

Les plus vieux pensaient *qu'il valait mieux servir les Egyptiens que mourir dans le désert* (Ex 14, 12). Ils se persuadaient d'une façon logique : "Le pharaon ne veut pas nous tuer. Il nous poursuit parce qu'il a besoin de nous. Négocions notre retour et ne tentons pas Dieu, puisqu'à l'ombre des imposantes pyramides, nous avons un toit et du pain. L'Egypte, avec son fleuve fécond, signifie protection et stabilité. Reconnaissons que nous nous sommes fait avoir par le rêve de la liberté."

B- L'issue inattendue : trois impossibles

Au moment où ils allaient se décider pour l'une de ces deux solutions, Gamaliel se leva, ce vieillard marqué par les rides de la sagesse sur son front. Tous gardèrent respectueusement le silence. Alors, ouvrant ses mains, il demanda : "Et si Dieu avait réellement parlé à Moïse ?"

Moïse, qui s'était tu pendant toute la délibération du conseil, la tête cachée dans ses mains, releva son visage transfiguré, comme s'il venait d'être touché par un rayon de lumière émanant du feu de l'Horeb. Il prit son bâton dans ses mains, et l'oeil scintillant, il affirma d'une voix de tonnerre, non seulement pour les anciens, mais pour tout le peuple :

Bannissez toute crainte ! Tenez ferme et vous verrez ce que Dieu va faire pour vous sauver en ce jour, car ces Egyptiens que vous apercevez aujourd'hui, vous ne les reverrez plus jamais ! Dieu combattra pour vous : vous, vous n'aurez rien à faire (Ex 14, 13-14).

De fait, Moïse est en train de proposer trois impossibles.

- "N'ayez pas peur !"

Bien qu'ils voient l'armée s'approcher et qu'ils entendent grincer les menaçants chars blindés, ils ne sursautent ni ne s'affolent. Bien qu'une pluie de flèches vole au-dessus de leurs têtes et qu'ils n'aient pas de boucliers pour résister à l'assaut de l'ennemi, ils n'ont pas peur. Bien que l'ange de la mort se tienne à leur porte avec son épée empoisonnée, ils ne craignent pas.

- "Dieu interviendra aujourd'hui même en notre faveur !"

Le jour était déjà avancé, et Moïse ose affirmer qu'avant qu'il fasse nuit Dieu agira pour les libérer de la menace égyptienne.[1] Il aurait pu parler prudemment de soixante-douze heures de délai, mais non. Il assure que, en dépit de toute prévision humaine, Dieu interviendra de la manière la moins logique, car personne ne peut venir les sauver.

L'armée assyrienne est à des milliers de kilomètres, et le pharaon est décidé à les reprendre comme esclaves. Comme le temps coupe court à toute possibilité, c'est maintenant précisément, que d'un moment à l'autre, Dieu apparaîtra pour les sauver, affirme Moïse.

1- Il ne faut pas oublier que pour la mentalité hébraïque, le nouveau jour commence dès que le soleil se couche.

Cela paraissait impossible. Il n'y avait aucun espoir de s'en sortir. Et pourtant, c'est justement là que se manifeste l'intention salvifique de Dieu qui agit de la manière la plus inattendue.

- "Ne vous inquiétez pas !"

En plus de l'annonce de cette intervention divine qui semble impossible, Moïse recommande de ne prendre aucune précaution devant l'ennemi qui s'avance assoiffé de vengeance. Il serait plus prudent de conseiller de prendre les armes, de préparer la fuite afin que ceux qui le peuvent se sauvent, ou d'autres choses plus raisonnables qui mettraient en jeu l'instinct de survie. Mais non. Moïse affirme qu'il ne faut rien faire car Adonaï lui-même combattra à la place de son peuple, et donc il n'y a pas de quoi s'inquiéter.

Comme il est difficile de renoncer à ses propres sécurités ! En fin de compte, le salut ne dépend pas des forces humaines, mais de l'action divine. Il s'agit du clair-obscur de la foi : sans rien voir de concret, Moïse entretient la ferme espérance que Dieu va intervenir en faveur des siens, parce qu'il s'est engagé sur parole.

Quelle audace de Moïse, qui affirme que le salut est à la porte ! Heureusement, personne ne lui demanda comment allait se passer ce miracle, car Moïse n'aurait pas pu répondre.

Personne n'osa s'opposer à lui. Il n'était pas possible de résister à la décision du libérateur qui donnait l'assurance que le jour même se manifesterait le salut de Dieu, sans que le peuple ait à se battre.

C- La double attitude de Moïse : fort et faible

Les anciens sortirent de la tente de Moïse réconfortés et encouragés par l'incroyable détermination de cet homme. Mais, dès que le berger de Madiân se retrouva seul, il tomba à terre épuisé, et dans la poussière commença à supplier Dieu avec cris et gémissements (cf. Ex 14, 15).

Moïse, devant son peuple, est enthousiaste et plein d'assurance. Mais devant Dieu il montre sa petitesse. Ce sont les contrastes d'une riche personnalité.

D- Le pas dans la foi est illogique

Alors Dieu déploie sa stratégie en deux temps successifs et interdépendants.

- D'abord, commencer la marche :

Qu'ils lèvent le camp en toute hâte et se mettent en route vers la mer rougie par les coraux (Ex 14, 15b).

- Ensuite, ouvrir les eaux :

Moïse doit alors étendre son bâton et séparer les eaux, pour qu'elles laissent passer le peuple qui a déjà les pieds mouillés dans la mer (cf. Ex 14, 21).

Logiquement il aurait dû faire le contraire : d'abord séparer les eaux et ensuite marcher au milieu d'elles. Mais, pour voir des miracles, il faut marcher dans la foi : marcher face aux eaux fermées, car c'est cette détermination qui les fera reculer !

Qu'y a-t-il de plus éducatif pour ces Hébreux timorés : que par un coup de baguette magique on leur ouvre une chaussée pour faire une traversée confortable, ou qu'ils perçoivent avec émotion que leur détermination a obligé les eaux à reculer ?

Dieu est père, et un père pédagogue, qui fait ce qui convient le mieux : il s'associe le peuple pour qu'il prenne conscience de sa valeur et de ses capacités. C'est une constante dans toute l'histoire du salut.

Le peuple de Dieu se mit en marche en défiant la mort, ou pour mieux dire, il marcha au milieu des eaux pour aller *au-delà* de la mer. Leurs pieds se mouillèrent avec les vagues qui, dès qu'elles sentirent les pas des Hébreux, commencèrent à s'ouvrir pour laisser passer les vaillants pèlerins.

Quand l'armée du pharaon se rendit compte qu'Israël traversait la Mer Rouge, elle tenta d'en faire autant. *Les Egyptiens les poursuivirent : tous les chevaux de Pharaon, ses chars et ses cavaliers s'engagèrent à leur suite dans le lit de la mer* (Ex 14, 23).

L'Ange de Dieu qui marchait en tête des armées d'Israël changea de place et marcha à l'arrière-garde. La colonne de nuée se déplaça de l'avant à l'arrière, où elle se tint. Elle prit position entre l'armée des Egyptiens et celle d'Israël. La nuée était ténébreuse et la nuit s'écoula sans que, de toute la nuit, les armées se puissent rapprocher l'une de l'autre (Ex 14, 19-20).

Dieu, présent dans la colonne de feu, se tint à l'arrière-garde pour défendre ceux qui marchaient avec peine : les malades et les estropiés, les enfants et les bergers qui accompagnaient leurs troupeaux. Le Dieu qui nous sauve prend toujours le parti des plus faibles, des petits et de ceux qui sont sans défense. Pour lui, les derniers de la troupe sont les premiers. Il se fait proche de ceux qui ont le coeur contrit et il assiste d'une manière spéciale ceux qui sont le plus en danger de mort. Dieu protège ceux qui n'ont pas de protection.

A peine les plus lents avaient-ils fini de traverser que Moïse étendit à nouveau son bâton et ces murailles de droite et de gauche se refermèrent avec fracas, dévorant les poursuiveurs. Les eaux qui s'ouvrirent pour donner le passage au peuple de Dieu furent la sépulture des cavaliers et des chevaux qui tentaient de faire obstacle au plan divin.

Les eaux, dans leur reflux, submergèrent les chars et les cavaliers de toute l'armée de Pharaon qui s'étaient engagés à la suite des enfants d'Israël, dans le lit de la mer. Pas un d'eux n'échappa. Les enfants d'Israël, eux, avaient marché dans le lit asséché de la mer avec une muraille d'eau à leur droite et à leur gauche. Ce jour-là Dieu délivra Israël des mains des Egyptiens, et Israël vit les Egyptiens étendus morts sur la grève. Israël fut témoin de la prouesse accomplie par Dieu contre les Egyptiens. Le peuple craignit Dieu. Il eut foi en Dieu et en Moïse, son serviteur (Ex 14, 28-31).

Pourquoi les uns réussirent-ils à traverser la mer, et les autres trouvèrent-ils la mort dans les mêmes eaux ? Pourquoi certains sont-ils vaincus devant des problèmes tandis que d'autres arrivent à les résoudre ? Pourquoi certains se fortifient devant l'adversité tandis que d'autres s'aigrissent ou se désespèrent ?

Il n'y a qu'une seule réponse : l'attitude devant la vie. Tout dépend du fait d'avoir trouvé le sens de l'existence, car celui qui a découvert le "pourquoi" il vit en ce monde peut facilement supporter le "comment", et payer le prix qu'il faut pour atteindre son but.

L'essence de cette attitude est la foi : non seulement croire que le Seigneur est avec nous, mais aussi qu'il est en nous, et que tout concourt à notre bien.

E- Le chant de la liberté

Alors, Marie, qui était déjà une vieille femme de près de cent ans, saisit son tambourin et se mit à danser en chantant avec le peuple qui venait de faire l'expérience du pouvoir salvifique de son Dieu. Tout son cantique est très beau, mais nous allons en prendre seulement trois points fondamentaux.

Dieu est ma force (Ex 15, 2).

Dieu est mon chant (ibid.).

Qui est comme toi parmi les dieux, Seigneur, qui est comme toi, illustre en sainteté, redoutable en exploits, artisan de prodiges ? (Ex 15, 11).

Le passage de la Mer Rouge est décisif dans l'histoire d'Israël. Les Prophètes et les Sages y feront sans cesse référence et inviteront continuellement le peuple à en faire mémoire et à le célébrer.

C'est le sommet de sa relation avec Dieu, qui le conduit à vivre une expérience communautaire de salut : les Hébreux ne sont plus une multitude quelconque, ils sont maintenant un peuple qui a le même sort et qui est uni par une expérience de salut qui a marqué à jamais son destin.

Il faut noter ici un phénomène très étonnant : ce cantique est le seul cantique d'Israël en quarante ans. Tout le reste ne sera que murmures et pessimisme devant l'ingratitude du désert. Cependant, cette remarque n'est pas pour humilier Israël, car il y a des peuples, des communautés et des personnes qui jamais dans leur vie n'entonnent un chant de victoire.

A la frontière entre *la maison de l'esclavage* et la terre de la liberté, le peuple apprend trois choses :

- Chaque fois que la Mer Rouge s'interpose, que les portes se ferment et qu'il n'y a plus aucune alternative, Dieu nous surprend par des chemins imprévisibles, que l'on n'avait pas envisagés. Les miracles n'arrivent que devant l'impossible. Le ciel intervient quand toutes les possibilités humaines sont épuisées.

- La route vers la terre promise est parsemée d'obstacles. Seul celui qui s'installe sans avancer ne rencontre aucun problème, car il est lui-même un problème.

- Pour faire des miracles, Dieu sollicite notre collaboration par des pas dans la foi. Il ne faut pas rester immobile en attendant que les eaux s'ouvrent. Il faut continuer de marcher afin qu'elles reculent.

5 - LA SOIF : SYMPTÔME D'AUTRES PROBLÈMES

Au sortir d'Egypte s'est rompue la première chaîne de l'oppression. Le passage de la Mer Rouge a rendu courage au peuple. Avec optimisme et confiance, il entre dans le désert de Shur et marche pendant trois jours sans se reposer. *Israël, sur l'injonction de Moïse, leva le camp d'auprès de la Mer des Roseaux. Ils se dirigèrent vers le désert de Shur, où ils marchèrent trois jours sans trouver de point d'eau* (Ex 15, 22).

Le désert aride et sec fut continuellement un défi. Le manque d'eau était un fantasme qui apparaissait à chaque pas. Nous allons voir trois moments particuliers où se présente la même difficulté, bien qu'elle ne trouve pas la même solution.

A- Mara : tenter le difficile : jeter le bout de bois dans l'eau

La soif commençait à les saisir. La déshydratation menaçait de détruire le peuple dont les forces diminuaient de façon irréversible. C'est alors la peur de la mort qui réapparaît.

Ils parvinrent à Mara, dont ils ne purent boire l'eau, tant elle était amère : d'où le nom de Mara donné à ce lieu. Le peuple murmura contre Moïse en disant : Qu'allons-nous boire ? (Ex 15, 23-24).

Il y avait là un point d'eau, mais elle n'était pas potable car elle était très amère. Terrible désillusion ! Après avoir trouvé l'eau qu'ils cherchaient, elle ne correspondait pas à leur attente ni à leur besoin. Alors, ils s'en furent réclamer à Moïse :

"Quel manque de prévision ! Comment est-ce possible ? Depuis déjà soixante-douze heures que nous n'avons pas d'eau ! Qu'allons-nous faire ?"

Moïse commence à s'inquiéter. Au fond, il se reproche :

"Pourquoi me suis-je mêlé de tout cela ? J'étais bien plus tranquille à garder les moutons de mon beau-père. Rien ne me manquait dans cette solitude. Pourquoi m'être mis dans cette situation qui se complique de jour en jour ?"

La seule chose qui le consolait est qu'à l'extrême nord du désert de Shur, il y avait Cadès. Après trois jours de marche, ils arriveraient par le territoire d'Amaleq jusqu'à Ber Sheba, porte d'entrée de la terre promise. Il s'agissait d'attendre seulement quelques jours, ou tout au plus quelques semaines, pour introduire le peuple en Canaan et en finir avec ce pénible travail.

Alors Moïse crie vers Dieu, et Dieu lui offre la solution :

"Prends le bois et jette-le dans l'eau pour la purifier."

Il lui demandait vraiment quelque chose de difficile : croire qu'un simple bout de bois allait rendre potables des eaux amères !

Moïse croit, il croit Dieu et fait ce qu'il lui demande. Et l'eau devient douce.[1] Le peuple et tout le bétail purent boire et apaiser leur soif. Dans sa sage pédagogie, généralement Dieu ne supprime pas les difficultés, mais il les transforme. Les eaux amères des larmes et de la souffrance deviennent des fleuves d'eau vive d'espérance.

B- Rephidim : tenter l'impossible : frapper le rocher

Toute la communauté des enfants d'Israël leva le camp du désert de Cîn, sur l'ordre de Dieu, pour parcourir les étapes ultérieures, et ils campèrent à Rephidim, où l'eau faisait défaut pour désaltérer le peuple (Ex 17, 1).

1- Ce bois est le symbole du bois de la croix de Jésus, qui transforme les amertumes de la vie en eau douce qui nous fortifie pour avancer vers la terre promise.

De nouveau le même problème se présente à Moïse, exigeant de lui une réponse concrète*Donne-nous de l'eau, lui dirent-ils, que nous buvions !... Pourquoi nous as-tu fait sortir d'Egypte ? Est-ce pour me faire mourir de soif, moi, mes enfants et mes bêtes ?* (Ex 17, 2-3).

Comme il n'y a pas d'issue, Moïse expose le problème à Dieu. *Comment me comporterai-je envers ce peuple qui va me lapider ? Dieu répondit à Moïse : Porte-toi en tête du peuple, en compagnie de quelques anciens d'Israël, prends en main le bâton dont tu frappas le Fleuve et va ! Moi, je me tiendrai devant toi, là, sur le rocher, en Horeb* (Ex 17, 5-6a).

L'ordre paraissait très simple : réunir les anciens, et aller frapper le rocher devant eux pour qu'il en sorte de l'eau. Y obéir était plus difficile que de jeter le bout de bois dans l'eau. Il était plus logique de gratter pour chercher un courant d'eau souterrain, mais frapper le rocher devant les chefs, et spécialement devant Coré, Abiram et Datân qui le critiquaient tant, c'était vraiment se risquer et se compromettre. Non seulement c'était son autorité qui était en danger, mais aussi sa vie.

Moïse s'approcha lentement. Tous les yeux étaient fixés sur lui. Alors, de manière tout à fait décidée, il frappa le dur rocher et immédiatement il en sortit de l'eau pour tout le peuple assoiffé.

Et pourtant, le problème fondamental était plus grave : le manque de foi*Dieu est-il ou non parmi nous ?* (Ex 17, 7). Le manque d'eau n'était que l'occasion de manifester le doute qui s'était généralisé dans le camp : Est-ce que Dieu est toujours avec nous, ou bien est-il resté près de la Mer des Roseaux ? Est-il fidèle ou nous a-t-il abandonnés ?

Le plus important pour Dieu était de réveiller cette question, et non pas de satisfaire leur soif. Autrement dit, en donnant l'eau, il voulait répondre à l'incertitude du peuple. Ce doute entraîna une réponse de poids de la part de Dieu, et le murmure disparut. *Ce lieu reçut le nom de Massa et Mériba, en raison de la querelle cherchée par les enfants d'Israël* (Ex 17, 7a).

C- Cadès : tenter l'absurde : parler au rocher

Dans le livre des Nombres, nous trouvons le récit d'un problème identique, qui a lieu à Cadès.[1] *Toute la communauté des enfants d'Israël arriva le premier mois au désert de Cîn. Le peuple s'établit à Cadès* (Nb 20, 1).

Le peuple protesta contre Moïse en disant :

Que n'avons-nous péri, comme nos frères ont péri devant Dieu ! Pourquoi avez-vous conduit l'assemblée de Dieu en ce désert, pour que nous y mourions, nous et nos bêtes ? Pourquoi nous avoir fait monter d'Egypte pour nous conduire en ce sinistre lieu ? C'est un lieu impropre aux semailles, sans figuiers ni vignes, ni grenadiers, sans même d'eau à boire ! (Nb 20, 3-5).

Le problème de fond était la vision négative de la réalité : Israël avait perdu courage et voyait tout en noir. Il prenait le désert pour un lieu de permanence et non pour un lieu de passage. Toutes les choses, même les plus normales, paraissaient grises et dépourvues de sens, parce qu'ils avaient donné au transitoire un sens de permanence. Aux yeux du pessimiste, tout est noir, toutes les portes sont fermées et il n'y a pas de lueur d'espérance.

Moïse, comme d'habitude, consterné par l'ampleur du problème, crie vers le Seigneur. Dieu écoute la plainte de son ami, il comprend la situation et lui ordonne de prendre son bâton. Moïse connaît déjà le processus. Il y a peu de temps, il

1- Bien qu'ordinairement on pense qu'il s'agit du même passage que le précédent, nous le faisons ressortir car il contient un message différent.

a fait la même chose à Rephidim pour faire jaillir de l'eau du rocher inerte. Sa confiance a grandi et il sait qu'au moment où il frappera la pierre, automatiquement en sortira le liquide bienfaisant.

Pourtant, Moïse doit apprendre qu'avec Dieu, rien n'est préfabriqué en série. C'est pour cela qu'il est si surpris quand Dieu lui donne un ordre qui dépasse toute logique et toute raison.

Prends le rameau et rassemble la communauté, toi et ton frère Aaron. Puis, sous leurs yeux, dites à ce rocher qu'il donne ses eaux (Nb 20, 8).

L'action devait se faire devant tout le peuple, et il ne s'agissait pas de frapper le rocher mais d'entrer en conversation avec lui... Il faut être un peu fou pour s'imaginer Moïse commençant un monologue de ce genre : "Bonjour, monsieur le rocher. Comment allez-vous ? Avez-vous bien dormi ? Quelle chaleur..."

Tout le monde se moquerait de lui et Coré ferait courir le bruit qu'un coup de soleil a séché le cerveau de ce vieux prince de la maison du pharaon.

Ce qui est certain, c'est que parfois Dieu demande des choses possibles et parfois des choses impossibles, et aussi illogiques.
- Il fait croire à Abraham que du sein stérile de sa vieille épouse lui naîtra un peuple aussi nombreux que les étoiles du ciel et les sables de la mer.
- Il promet à une Vierge de Nazareth que, sans connaître d'homme, elle concevra le Fils du Très-Haut.
- Jésus affirme à Pierre que dans le ventre d'un poisson se trouve la somme exacte pour payer l'impôt du temple.

Quand nous tentons l'impossible, tout le monde nous considère courageux. Mais à oser des choses illogiques nous sommes ridiculisés et moqués par les sensés.

Moïse leva la main et avec le rameau frappa le rocher par deux fois : l'eau jaillit en abondance, la communauté et son bétail purent boire (Nb 20, 11).

Moïse croit en l'incroyable, espère contre toute espérance et obéit à l'ordre donné par Dieu. Immédiatement, une eau fraîche et douce jaillit.

Ces trois situations où la soif allait faire périr le peuple, nous donnent un riche enseignement, car elles nous révèlent que la soif n'était que le symptôme d'un problème plus grave.
- A Mara, c'était la peur de la mort, et Dieu demanda de tenter le difficile : jeter le bout de bois dans l'eau.
- A Rephidim, le manque de foi, et Dieu exigea l'impossible : frapper le rocher.
- A Cadès, le pessimisme du peuple, et Dieu demanda l'absurde : parler au rocher.

Il est impossible de tout envisager au moment où une situation se présente. Toutes les circonstances sont différentes et exigent une ouverture vers l'inespéré. On ne peut pas offrir la même recette pour tous les cas. Ce qui a été bon une fois, peut être remplacé le lendemain par quelque chose de meilleur. La manne récoltée hier s'abîme dès qu'on veut la conserver.

L'homme est si limité qu'il essaye de tout prévoir et même de programmer son avenir, de consolider la permanence des institutions, d'avoir une assurance pour les accidents en tous genres. Cependant, Mara, Rephidim et Cadès ouvrent une fenêtre qui permet de voir que le vent souffle comme il veut et qu'il n'est pas possible de garder du feu dans une boîte d'allumettes.

Les hommes élaborent des prières qui deviennent rituelles, d'autres accumulent les indulgences où ils trouvent le sceau de la garantie : "Si tu récites cette prière, si tu la copies douze fois et ajoutes trois Pater, tu obtiendras ce que tu demandes." D'un côté, cette attitude magique conduit à mettre sa confiance dans la dite prière et non en Dieu. De l'autre, il faut se demander s'il existe des prières que le Seigneur n'écoute pas et qui n'obtiennent pas la faveur divine. Est-il meilleur de répéter une prière préfabriquée par quelqu'un, ou de faire la sienne ? Qu'y a-t-il de préférable devant un ami : gagner une indulgence ou se montrer à lui tel que l'on est, avec la couleur qui marque le véritable amour dans la spontanéité, en s'ouvrant devant Celui qui aime la vérité au plus intime de l'être ? N'est-il pas mieux de s'approcher du Seigneur simplement, pour être avec lui, sans chercher à obtenir aucun gain ?

6 - LA MANNE QUI NE SE CONSERVE PAS

Toute la communauté des enfants d'Israël atteignit le désert de Cîn - situé entre Elim et le Sinaï - le quinzième jour du second mois qui suivit leur sortie du pays d'Egypte. Toute la communauté des enfants d'Israël se mit à murmurer dans le désert, contre Moïse et Aaron (Ex 16, 1-2).

A peine solutionné le problème de l'eau, il s'en présenta un nouveau : les provisions diminuaient petit à petit. Ils tuèrent les troupeaux pour survivre et durent même rationner la nourriture, donnant priorité aux enfants et aux femmes enceintes. Alors, comme d'habitude, ils s'en prirent à ceux qui les avaient sortis de leur léthargie. Il est impressionnant cependant de noter que tous, sans exception, se rebellèrent contre Moïse.

Que ne sommes-nous morts de la main de Dieu au pays d'Egypte, quand nous étions assis devant des marmites de viande et mangions du pain tout notre soûl ! Vous nous avez amenés dans ce désert pour faire mourir de faim toute cette multitude (Ex 16, 3).

"N'avions-nous pas suffisamment à manger en Egypte ? Là-bas, au moins, les marmites bouillaient pleines de viande que nous pouvions manger chaînes aux mains. Pourquoi lutter pour une liberté avec des torches éteintes ? Nos forces arrivent à la limite du tolérable."

Moïse ne se désespère pas. Il sait que si les Israélites réclament leurs droits, c'est le signe qu'ils sont en train de reprendre vie. En Egypte, ils s'étaient endormis et auraient passé toute leur existence sans prendre conscience de leur esclavage. Anesthésiés par l'oppression, ils avaient perdu l'instinct de survie et n'avaient même plus la force de réagir.

Le peuple ne veut pas aller plus loin. Même un avenir prometteur ne peut le motiver. Il est paralysé et regrette l'esclavage "confortable" où tout est programmé, jusqu'au menu d'ail et d'oignons.

Le désert est toujours un défi devant l'inconnu. Le problème n'est pas de s'égarer ou de se perdre, mais de retourner en arrière. Les chemins battus qui mènent toujours au même endroit, ne présentent certes aucun risque, mais n'offrent pas la joie d'ouvrir des voies de liberté par des routes nouvelles.

Chaque fois que l'on commence la marche vers la terre promise, apparaît la peur de la liberté. Pourtant, il n'y a pas d'autre moyen pour arriver au but. Il faut continuer sans se retourner, sous aucun prétexte.

Il est plus facile d'avoir un pharaon ou une loi qui nous exempte de toute responsabilité, que d'écouter dans la solitude du désert la voix intérieure qui exige des prises de décision. Il y a moins de risque à rester sur le sable de la plage qu'à lever l'ancre et hisser les voiles. Il semble plus simple de dormir dans l'esclavage, en s'identifiant aux chaînes, que de tenter de les rompre.

Le chemin de la liberté est une voie à sens unique. Une fois entamé, il n'admet pas la marche arrière. Dieu n'ouvrira pas une autre fois les eaux de la Mer des Roseaux à cause de la paresse de son peuple.

Donc, Dieu répond en donnant la manne, mais à une condition : que personne n'en conserve pour le lendemain. Il s'agit d'un acte de confiance en Dieu. Celui qui fait des réserves méprise la fidélité de Dieu et ne se fie qu'en lui-même, créature limitée qui ne sera jamais sûre et voudra toujours avoir plus. Le Dieu de l'Horeb est un Dieu jaloux qui ne consent pas à l'accaparement, à la sécurité que donne l'abondance des biens matériels ou la garantie de la nourriture pour l'avenir.

Le lendemain matin, le désert pierreux était recouvert d'une ondée blanche comme du coton, qui rappela à Moïse la douce laine des moutons, et qui contrastait avec la grisaille des pierres. Les Israélites se demandèrent : *Mân hou ? Qu'est-ce que c'est ?* Ils en ramassèrent et la portèrent timidement à la bouche *et cela avait un goût de galette au miel* (Ex 16, 31). Dieu donne le pain quotidien, mais à condition de ne pas en garder pour le lendemain. Chaque jour, il pourvoira au nécessaire.

Les enfants d'Israël mangèrent de la manne quarante ans durant, jusqu'à leur arrivée en pays habité (Ex 16, 35).

Dieu formait peu à peu ceux qui devaient conquérir la terre de Canaan. Il les libéra d'abord de leur passé d'esclaves et de tous les complexes que cela entraînait. Mais à travers la manne dont il les nourrit chaque jour, il veut les libérer de l'avenir. Evidemment, l'avenir d'Israël est dans un nuage d'incertitude. Ses problèmes l'abattent. Mais c'est justement pour cela qu'il doit être libéré du futur, qui est un fantasme menaçant de l'écraser. Par la manne, Dieu voulait un peuple sans angoisse du lendemain qui n'existe pas encore.

La nourriture ne pouvait pas se garder pour le jour suivant afin de rappeler quotidiennement à Israël que Dieu ne se laisse pas emmagasiner ni congeler, mais qu'il se donne chaque jour, comme sa Parole, qui est lumière pour chaque pas.

D'un autre côté, en ce qui concerne notre société, si personne n'accaparait les choses ou les biens de ce monde, il y en aurait pour tous et pour tous les jours. On en aurait fini avec l'ambition qui engendre l'insatisfaction, la compétition et les guerres. Et même plus, les riches se libèreraient de la convoitise qui les tient prisonniers.
- Ils ont des aliments, mais ils perdent l'appétit.
- Ils acquièrent des voitures et des avions, mais ils ne savent pas où aller.
- Ils possèdent de belles propriétés, mais n'ont pas de foyer.
- Ils cherchent des distractions extravagantes, parce qu'ils ne savent pas sourire.
- Ils se remplissent de biens, mais leur coeur est vide ; et non satisfaits, ils cherchent à posséder des personnes qui les fuient.
- Ils vivent dans le souci de leur image ou du qu'en dira-t-on, parce qu'ils ne s'acceptent pas et ne s'aiment pas.
- Ils essayent de dominer les autres, parce qu'ils ne sont pas satisfaits d'eux-mêmes.

7 - LES MURMURES ET LES RÉVOLTES

Avancer avec la lumière du soleil dans les yeux pose certains problèmes. L'itinéraire vers la liberté est rempli d'obstacles et de contrariétés. Cependant, la résistance la plus difficile à dépasser n'est pas celle du pharaon ni de la Mer Rouge ni des habitants de Canaan, mais celle du peuple lui-même, qui ne veut pas faire le pas décisif. Il n'est pas disposé à payer le prix de la liberté et il ne cesse de penser à retourner au pays de l'oppression.

Il n'y a rien de plus déplorable que la peur de la liberté, qui se manifeste dans la nostalgie des avantages de l'irresponsabilité de l'esclave.

Nous trouvons sept résistances du peuple qui murmure, qui se plaint et qui veut retourner en Egypte.[1] Le fait qu'il y en ait sept nous laisse entendre que le peuple souffrait de rébellion chronique. Il ne voulait pas continuer.

Nous en avons déjà vu quelques-unes. Nous en verrons d'autres, d'autant plus graves qu'elles sont dirigées contre la personne du chef d'Israël lui-même.

A- La révolte d'Aaron et de Miryam

Miryam, ainsi qu'Aaron, parla contre Moïse, à cause de la femme kushite qu'il avait prise. Car il avait épousé une femme kushite (Nb 12, 1).

Aaron et Miryam étaient bons, peut-être trop bons. Elle, sous l'inspiration de l'Esprit, avait entonné un des plus beaux cantiques de toute la Bible. Lui, grand-prêtre, avait un poste clé dans le peuple. Et ce sont justement eux qui se présentèrent comme porte-parole du malaise général : il n'est pas permis de prendre les femmes des peuples voisins.

Le problème était grave parce que c'était le législateur lui-même, celui qui donnait les ordres, qui avait pris une femme kushite pour épouse.[2] Alors, ils lui reprochèrent son inconvenance. Comment osait-il exiger ce que lui-même ne respectait pas ?

1- Les sept rébellions d'Israël sont :
- A Pi-Hahirot, face à la Mer Rouge (Ex 14, 11-12).
- Dans le désert de Cîn, pour le manque de nourriture (Ex 16, 2-3).
- A Rephidim, pour le manque d'eau (Ex 17, 2-3).
- Devant les difficultés de la conquête (Nb 14, 2-4).
- La révolte de Coré, Abiram et Datân (Nb 16, 12-14).
- A Cadès, pour les duretés du désert (Nb 20, 3-4).
- Pour l'impatience d'un long chemin (Nb 21, 4-5).

L.A. Zepeda, *Notes sur l'Exode du peuple d'Israël.*

2- Ethiopienne

Moïse refusa d'être considéré comme un modèle de conduite, alors ils l'attaquèrent sans pitié parce qu'il ne correspondait pas à leur attente. D'autre part, ils étaient de sa famille, les plus intimes et les plus proches, ceux qui menaient l'opposition ! Au lieu de comprendre le drame assez terrible que Moïse vivait, ils aggravaient le problème.

Le libérateur d'Israël reçut ces coups de poignard de ceux mêmes qui, d'une part, étaient considérés comme ses inconditionnels, et d'autre part jouissaient d'une bonne réputation dans toute l'assemblée.

Comme ils sont durs les jugements des bons ! Comme elle est intolérante l'inquisition de ceux qui croient détenir la vérité ! Comme ils manquent de compréhension ceux qui n'ont jamais transgressé la loi ! Mais par-dessus tout, comme il est difficile d'accepter les coups de ceux que nous croyions nos amis et nos frères.

Moïse, crucifié par les siens, ne se défend pas, car il sait qu'ils ont raison d'incriminer sa conduite, mais jamais cela ne sera une raison suffisante pour qu'ils en fassent autant. Devant ce labyrinthe sans issue, Dieu lui-même vient au secours de son fidèle serviteur, en montrant publiquement qu'Il le préfère à toute autre personne.

Dieu descendit dans une colonne de nuée et se tint à l'entrée de la Tente (Nb 12, 5a).

Il s'agissait d'une affaire sérieuse. Dieu descend accompagné de la nuée mystérieuse et, au lieu d'entrer dans la Tente, il reste dehors, en signe de protestation.

Il appela Aaron et Miryam ; tous deux s'avancèrent. Dieu dit : Ecoutez donc mes paroles. S'il y a parmi vous un prophète, c'est en vision que je me révèle à lui, c'est dans un songe que je lui parle. Il n'en est pas ainsi de mon serviteur Moïse, lui est à demeure dans ma maison. Je lui parle bouche à bouche, dans l'évidence, non en énigmes, et il voit la forme de

Dieu. Pourquoi avez-vous osé parler contre mon serviteur Moïse ? (Nb 12, 5b-8).

Dieu ne se préoccupait pas de savoir s'ils avaient de bonnes raisons pour critiquer, mais il les avertit que tout ce qu'ils peuvent faire contre Moïse attente à son amitié avec le timide berger de Madiân. Ainsi sont les vrais amis : des inconditionnels ! Dieu n'a aucun désir de justifier Moïse, cela ne l'intéresse pas. Il donne simplement un avertissement : c'est mon ami !

B- La révolte des Lévites

Moïse appartient à la tribu de Lévi. Ses frères lévites avaient le privilège de servir au culte comme auxiliaires des prêtres. Ils vivaient de la dîme payée par le peuple et jouissaient d'avantages sociaux. Pourtant, la convoitise, le désir d'avoir toujours plus, engendra l'envie contre Moïse. Ils discutèrent :

Dieu ne parlerait-il donc qu'à Moïse ? N'a-t-il pas parlé à nous aussi ? (Nb 12, 2).

Serait-il, par hasard, l'unique canal de communication de Dieu avec nous ? Dieu n'a pas de limite. Il est libre et parle de nombreuses et diverses manières. Moïse n'a pas une licence des moyens de communication avec le ciel. Personne ne peut prétendre avoir l'exclusivité des relations avec Dieu !

Cette fois-ci non plus, Moïse ne se défend pas, car les arguments théologiques de ses opposants sont dans la ligne de la plus stricte orthodoxie.

Les Lévites avaient raison, complètement raison. La vérité et la théologie étaient pour eux, mais... mais Dieu, de sa propre autorité, voulait agir au-delà de tous les principes.

C- La révolte des chefs

Coré... Datân et Abiram... se dressèrent contre Moïse, ainsi que deux cent cinquante des enfants d'Israël, princes de la communauté, considérés dans les solennités, hommes de renom. Ils s'attroupèrent alors contre Moïse et Aaron en leur disant : Vous passez la mesure ! C'est toute la communauté, ce sont tous ses membres qui sont consacrés, et Dieu est au milieu d'eux. Pourquoi vous élevez-vous au-dessus de la communauté de Dieu ?(Nb 16, 1-3).

Cet événement montre les faiblesses des dirigeants de la communauté d'Israël. Nous allons voir les trois péchés capitaux des leaders.

La jalousie

Les Lévites, sans doute parce qu'ils ont un grade élevé dans la structure hiérarchique, sont virulents de jalousie et c'est pour cela qu'ils convoitent le sacerdoce (cf. Nb 16, 10). Le Père Dario Bettancourt affirme que c'est le péché sacerdotal le plus triste et le plus déplorable, pour lequel malheureusement il n'y a aucun remède, sinon l'humilité.

Le zèle des Lévites, qui devait brûler pour la gloire divine, se retournait contre eux-mêmes, comme un serpent au venin mortel.

Le murmure

Le murmure est un symptôme de la jalousie : parler mal de l'autre, spécialement quand on se sent dominé par lui.

Coré était jaloux d'Aaron qui fut nommé chef de la hiérarchie sacerdotale (cf. Ps 106, 16). Il considéra que c'était du népotisme de la part de Moïse et alors utilisa l'arme la plus lâche : la flatterie des dirigeants de la communauté. Coré sut découvrir le talon d'Achille des leaders, et visita chaque tente l'une après l'autre pour gonfler son moi au moyen d'un argument très simple.

Moïse est certainement un grand homme, mais qu'a-t-il que nous n'ayons nous aussi ? Nous aussi sommes lévites. De plus, depuis l'Alliance du Sinaï, nous sommes tous un peuple sacerdotal. Nous n'avons plus besoin du sacerdoce de quelques privilégiés comme Aaron. Pourquoi veulent-ils régner en maîtres sur nous puisque notre unique Maître est Adonaï, notre Dieu ?

Coré choisit ses gens et sélectionna très soigneusement un groupe de deux cent cinquante séparatistes : des personnes d'influence et de pouvoir, qui inoculèrent le venin de la méfiance. Peut-être Coré agissait-il de bonne foi, et ceci aggrave le problème, car il était sûr d'avoir raison.

Toutes les guerres, même celles qu'on appelle "saintes", se sont déclenchées parce que chacun était sûr d'être le détenteur de la vérité ou bien qu'une injustice était en train de se forger à son égard. Chaque division dans le peuple de Dieu a été provoquée parce que de chaque côté on croyait que l'autre était complètement dans l'erreur.

La division

Le manque d'union trouve son apogée dans la division, qui est très grave, parce qu'elle rompt l'unité d'un merveilleux projet communautaire. Elle surgit quand il y en a qui essaient d'opérer pour leur propre compte, en sacrifiant le plan d'ensemble.

Malheureusement, pour toutes les scissions on trouve des excuses apparemment valides, mais aucune n'est comparable à la cassure de l'unité communautaire. Quand le virus du pouvoir se niche dans le coeur et fait monter les degrés de la hiérarchie par quelque moyen que ce soit, il débouche toujours sur la division.

Devant cette complication de problèmes, Moïse tente de concilier les diverses positions et convoque une conférence de paix pour mettre fin à cette situation. Cependant, Datân et Abiram n'y assistent pas. Ils ont déjà rompu avec Moïse et ne veulent rien savoir de son autorité. Devant cette attitude, le caractère irascible de Moïse explose. Le texte sacré affirme qu'il se mit en colère avec la même violence que celle qui l'avait fait tuer l'Egyptien, mais cette fois-ci il dirige sa colère non pas contre ceux qui l'ont provoquée, mais vers Celui qui peut la comprendre.

Il fait alors une prière qui pourrait paraître bien peu évangélique, mais qui est profondément humaine. C'est un acte de confiance spontané car il sait que son Ami ne le juge pas et ne le condamne pas, mais l'écoute et comprend sa douleur. Il prend tout son courage et grinçant des dents, il dit :

Ne prends pas garde à leur oblation. Je ne leur ai pas pris un âne et je n'ai fait de tort à aucun d'eux (Nb 16, 15). Moïse ne cache pas sa rage et demande à Dieu qu'en n'acceptant pas l'offrande des rebelles, il ne leur pardonne pas.

Une telle prière serait suffisante pour brûler vif son auteur dans le feu de l'inquisition. Mais c'est qu'il importe peu à Moïse d'être jugé, il veut simplement montrer ce qu'il ressent, en ouvrant son coeur à un ami.

C'est pour cette raison qu'on ne pourra jamais le prendre pour modèle de prière orthodoxe, mais on peut le prendre comme modèle de la confiance par laquelle on découvre ses sentiments intimes, sachant que Dieu ne juge pas mais comprend, et finalement il va agir selon sa clémence et sa miséricorde, non conditionné par la demande.

8 - LES OIGNONS ET L'AIL

Au bord de la mer, à Quibrot-Hat-Taava, le peuple entra dans une nouvelle crise : il regrettait la paix d'Egypte qui ne lui coûtait rien.

Ah ! quel souvenir ! Le poisson que nous mangions pour rien en Egypte, les concombres, les melons, les laitues, les oignons et l'ail ! Maintenant, nous dépérissons, privés de tout ; nos yeux ne voient plus que de la manne ! (Nb 11, 5-6).

Il regrette les oignons et l'ail d'Egypte, qui représentent tous les avantages de l'esclave : rester toujours au même endroit sans courir de risques ni prendre de responsabilités. Il veut retourner, il a peur de continuer.

A- La grande dépression de Moïse

Où trouverai-je de la viande à donner à tout ce peuple ? (Nb 11, 13).

A mi-chemin dans le désert, contre toute attente, le peuple réclame de la viande. Il fait un caprice et pleure. Ses déchirants gémissements impressionnent l'âme du libérateur frustré. Moïse reconnaît qu'il se trouve confronté à une situation où il n'est plus capable de lutter. Il n'avait pas eu peur d'affronter le puissant pharaon et n'avait pas perdu courage devant la Mer Rouge. Il n'avait pas hésité à défier le désert. Le manque d'eau et de nourriture ne l'avait pas arrêté. Mais maintenant, l'heure est autre : c'est le peuple lui-même qui ne veut plus avancer, contre quoi il n'y a aucune défense. C'est pourquoi son courage s'évanouit et devant cette absolue impuissance, il subit une sévère crise psychologique.

Moïse se trouve devant un dilemme sans issue, qui est la source de son angoisse : le peuple est sorti d'Egypte, mais son coeur est resté attaché à l'ombre des pyramides. Il a traversé la Mer Rouge, mais il se souvient avec nostalgie de la fertilité du Nil. Il n'a pas encore libéré son âme d'esclave. C'est pour cela que Moïse est déçu. Il n'y a rien à faire avec quelqu'un qui ne veut pas se décider à rompre avec son passé de servitude et à lancer le défi de traverser le désert ingrat pour atteindre la terre promise.

Finalement, il n'est pas capable de s'attaquer à un tel empêchement, et il s'enferme dans l'étroitesse de ses possibilités qui se resserrent de plus en plus, jusqu'à lui faire toucher le fond de l'angoisse existentielle qui l'écrase inexorablement. Tous les chemins, sauf la mort, lui sont interdits.

Les ailes coupées et le coeur en déroute, il ne va pas intercéder pour le peuple, parce qu'en l'occurence il n'est pas question de prière mais de décision. Alors, sans rien demander, il découvre son coeur à son Ami, en lui exposant simplement ce qui arrive. Il montre ses blessures. C'est ce qui, en fin de compte, forge véritablement les profondes amitiés.

Pourquoi fais-tu du mal à ton serviteur ? Pourquoi n'ai-je pas trouvé grâce à tes yeux, que tu m'aies imposé la charge de tout ce peuple ? (Nb 11, 11). "Qu'as-tu contre moi ? Cela ne se fait pas, Seigneur... "

Ensuite, il confesse avec sincérité qu'il a épuisé toutes ses ressources. *Je ne puis, à moi seul, porter ce peuple : c'est trop lourd pour moi* (Nb 11, 14).

C'est vraiment la prière de Moïse la plus authentique et la plus sincère, où il reconnaît ses limites et, du fond du coeur, confesse son incapacité. Il étale ouvertement son impuissance et déclare publiquement qu'il n'est plus possible de continuer ainsi. Il est à bout de force.

> "Tout seul, je ne peux pas. Cette charge me dépasse. C'est un peuple qui a marché mais qui n'a pas avancé. Il reste dans l'infantilisme, il ne veut toujours pas prendre ses responsabilités et ne pense qu'aux oignons et à l'ail."

Dans cette situation, nous découvrons l'un des canaux les plus importants dans la relation de Dieu à Moïse : le dialogue des sentiments. Il exprime toujours ce qu'il ressent, sans maquillage et sans craindre ce que Dieu va penser de lui. Il ne se centre pas sur ses idées ni sur son idéal, mais il manifeste toute l'âpreté des crises qu'il traverse. Il réclame, il crie, il pleure et se désespère, parce qu'il sait qu'un ami ne juge pas les sentiments du coeur mais les comprend. Il ne cache pas sa frustration. Inondé de larmes, il montre la fragilité de son coeur déchiré face au mur de son impuissance.

Avec tout le respect dû à ceux qui prient d'une autre manière, Moïse ne dit pas : "Il est sept heures du soir, et je dois faire la prière de ce livre", mais il laisse jaillir sa propre prière. Il parle même avec tant de franchise que l'on pourrait penser qu'il manque de respect, mais dans l'amitié il n'y a pas de barrières pour dévoiler les replis du coeur.

> "Regarde, Seigneur, je ne me suis pas mêlé de cette affaire de moi-même, mais parce que tu m'as envoyé. Maintenant, je ne peux plus faire ce que tu me demandes, car le peu de forces que j'avais sont épuisées. Par ailleurs, moi je ne suis ni le père ni la mère de ce peuple. C'est toi qui l'as engendré, et c'est toi qui en es responsable."
>
> Avec détermination, il pose un ultimatum :
>
> *Si tu veux me traiter ainsi, tue-moi plutôt !* (Nb 11, 15).
>
> "Si je suis vraiment encore ton ami, et si tu veux me faire plaisir, je te demande de m'ôter la vie... "

Moïse était tombé dans la plus terrible dépression. Il avait l'impression d'avoir absolument tout raté. A quoi cela sert-il de continuer physiquement si le peuple se fige sur le souvenir et la nostalgie des oignons et de l'ail d'Egypte ? Son passé, tout comme son avenir, n'avait plus de sens. Son angoisse ne lui laissait qu'une porte ouverte, celle de la mort, et c'est ce qu'il sollicite de Dieu si toutefois il est encore son Ami.

Cependant, il faut voir maintenant pourquoi Moïse veut mourir. Il a tout à fait raison quand il affirme qu'il ne peut plus tout seul. Mais il a oublié quelque chose qui est fondamental : Dieu lui avait promis : *Je serai avec toi* (Ex 3, 12). En perdant de vue que Dieu est avec lui pour libérer son peuple, il se déséquilibre et se détruit psychologiquement.

Devant la stupide exigence du peuple, qui réclame de la viande en plein coeur du désert, Dieu apaise son angoisse en lui proposant une solution, mais Moïse objecte :

Si l'on égorgeait pour eux petit et gros bétail, en auraient-ils assez ? Si l'on ramassait pour eux tous les poissons de la mer, en auraient-ils assez ? (Nb 11, 22).

Alors, avec énergie Dieu remet les choses à leur place, en secouant Moïse par un défi :

Le bras de Dieu serait-il si court ? Tu vas voir si la parole que je t'ai dite s'accomplit ou non (Nb 11, 23).

"Toi non plus, tu ne comprends pas mon plan. Maintenant, tu vas voir si j'accomplis mes promesses ou non."

B- L'alternative inespérée

La vision de Moïse se limitait aux boeufs, aux moutons et aux poissons. Mais Dieu réagit, il ne se laisse pas réduire à cette solution qui ne présente que trois choix. Dieu va au-delà des solutions humaines et il a une réponse qui dépasse tout ce que l'on peut prévoir : les cailles. De façon tout à fait surprenante, un vent se lève, qui fait passer des cailles près de la mer. Fatiguées de leur long vol, elles se posent sur la terre, formant un immense tapis autour du campement (cf. Nb 11, 31).

L'homme est très enclin à déterminer les coordonnées de l'action divine et à établir des limites à la puissance de Dieu. Il fait ses plans "de boeufs, de moutons et de poissons", tandis que le menu divin va plus loin que la raison, dans des manifestations que personne n'imaginait ni n'espérait. Dieu rompt avec tout schéma, et sa réponse est au-delà de toute considération.

Donc, Dieu répondit en deux sens : d'une part en donnant la nourriture nécessaire au peuple, et de l'autre en ordonnant à Moïse de partager sa charge avec les soixante-dix anciens (Nb 11, 25). Alors que le dirigeant sollicitait la mort, Dieu lui montre que la solution est d'apprendre à vivre de manière différente.

Deux points fondamentaux ressortent de cet événement :
- Il ne faut pas limiter Dieu. Il a toujours une solution à laquelle l'homme n'avait pas pensé et qui va plus loin que toute considération humaine. Dieu ne se laisse pas enfermer dans des limites et il nous surprend toujours avec une réponse inattendue.
- Le fil conducteur de l'amitié de Moïse avec Dieu : Moïse découvre ses sentiments à Dieu. Il ne demande pas de solution. La seule chose qui importe est d'ouvrir son coeur et de montrer qu'il souffre. Cet aspect est le fil qui tisse une véritable amitié : la communication des sentiments.

9 - UN DÉFI QUI S'ÉVANOUIT

En sortant d'Egypte, les fils d'Israël commencèrent un itinéraire fascinant, parsemé de menaces et d'aventures, vers la terre que Dieu avait promise aux Patriarches. Après de nombreuses expériences incroyables, ils arrivèrent à Cadès, porte d'entrée en Canaan.

A- Analyse de la réalité

Moïse avait alors décidé de donner des nouvelles fraîches de la terre de l'espérance pour motiver le peuple fatigué qui commençait à mal supporter les inconvénients de la monotonie. Il choisit douze hommes courageux et intelligents, capables de se glisser comme des serpents ou d'imiter le caméléon, pour rapporter une information objective et véritable sur la situation de la terre qui leur était promise comme en un défi. Il leur demanda d'observer scrupuleusement chaque détail pour faire une analyse de la réalité, tant au point de vue positif que négatif.

Voyez ce qu'est le pays ; ce qu'est le peuple qui l'habite, fort ou faible, clairsemé ou nombreux ; ce qu'est le pays où il habite, bon ou mauvais ; ce que sont les villes où il habite, camps ou villes fortifiées ; ce qu'est le pays, fertile ou pauvre, boisé ou non. Ayez bon courage. Prenez des produits du pays (Nb 13, 18-21).

Cette douzaine d'espions s'infiltra de toutes parts, *depuis le désert de Cîn jusqu'au Rehob. Ils montèrent par le Négueb et parvinrent à Hébron... au val d'Eshkol ; ils y coupèrent un sarment et une grappe de raisin qu'ils emportèrent à deux sur une perche* (Nb 13, 22-23).

Au bout de quarante jours, ils revinrent de cette reconnaissance du pays. Ils allèrent trouver Moïse, Aaron et toute la communauté d'Israël, dans le désert de Parân, à Cadès (Nb 13, 25-26).

Après de périlleuses et extraordinaires explorations, ils rentrèrent chargés d'une information aussi ambivalente que la vie, telle une symphonie composée de tons graves et de tons aigus.

L'aspect positif

Nous sommes allés dans le pays où tu nous as envoyés. En vérité, il ruisselle de lait et de miel ; en voici les produits (Nb 13, 27).

C'était une terre arrosée par la pluie des nuages, couverte de blés dorés par le soleil, balancés par le vent. Ils apportaient quelques spécimen des grenadiers et des dattiers de ce merveilleux pays qui dépassait tout ce que l'on pouvait imaginer. Les grenades rouges et sucrées, les figues appétissantes, tout montrait qu'il valait la peine d'avoir fait toute la traversée difficile du désert. Les explorateurs étaient au comble de l'émotion quand ils parlaient de la grande variété de fleurs du mont Carmel, ou de la fertilité de la région. A bras étendus ils dessinaient les énormes cèdres du Liban, et de leurs mains ils décrivaient cette cité fascinante habitée par les Jébuséens, et qui ressemblait à une fiancée descendue du ciel parée pour son époux.

Ce récit raviva l'espérance des fugitifs, qui avaient usé leurs sandales sur un si long chemin. Les yeux de Moïse brillaient et s'embuaient tandis qu'il écoutait ces histoires fabuleuses. Son coeur brûlait du désir de prendre possession immédiatement d'une terre aussi généreuse.

L'aspect négatif

Cependant, le rapport était aussi chargé de nouvelles qui firent sursauter.

Toutefois, le peuple qui l'habite est puissant ; les villes sont fortifiées, très grandes ; nous y avons même vu des descendants d'Anaq, des géants (Nb 13, 28).

Tout le territoire était déjà occupé : la côte par les Cananéens et les Philistins, qui possédaient de puissantes armes d'acier ; au nord les Phéniciens ; au Négueb les éternels ennemis d'Israël, les Amalécites. La Transjordanie était déjà habitée par les vaillants Amonites et les Moabites, tandis que la montagne était dominée par les Jébuséens. Le nord-est était la propriété du plus puissant empire de l'époque : les Hittites. Et comme si cela ne suffisait pas, les villes étaient entourées de murailles dont les créneaux atteignaient le ciel. Et le pire de tout : la région tout entière était constamment sous la menace des fils d'Anaq, ces géants invincibles qui dévastaient la contrée.

On peut toujours regarder chaque circonstance de la vie à travers différents prismes. Toute réalité est chargée d'un aspect positif et d'un aspect négatif. On trouve toutes les couleurs entre le blanc et le noir. Ainsi donc, la terre de Canaan est appréciée de différentes manières selon les personnes. Il y a trois réactions fondamentales pour synthétiser les différents points de vue en face de l'adversité.

B- Les trois réactions

La réaction de Caleb : montons et faisons la conquête

Caleb harangua le peuple assemblé près de Moïse : Il faut marcher, disait-il, et conquérir ce pays : nous en sommes capables (Nb 13, 30).

Le fils de Nûn avait exploré la région. Ses yeux étaient resplendissants de la lumière du Carmel. Il avait savouré le fruit des vignes, apaisé sa soif au puits de Jacob et il avait été fasciné par cette mer caressée par le vent méditerranéen. C'est pourquoi il était prêt à payer n'importe quel prix pourvu qu'il possède un morceau de cette terre avec laquelle il s'identifiait pleinement.

Il encourageait le peuple avec conviction : *Allons, nous en sommes capables !*Aucune hésitation en lui, ni aucune plainte quant à ce qu'il en coûte toujours avant de remporter la victoire. Caleb est persuadé que cela est réalisable si tous prennent courage et tiennent leur place dans le combat. La condition pour réussir est de croire que l'on en est capable et de se mettre à l'oeuvre tous ensemble.

L'attitude de Caleb est à l'opposé de celle du peuple, car il est facile à celui qui a vu, ou même seulement rêvé la terre promise, d'être décidé à la conquérir. Mais pour celui qui en a seulement entendu parler, sans avoir piétiné son sable brûlant ni mangé les dattes ni senti les lis de Sharon, il n'y a aucune motivation à s'avancer et affronter les difficultés.

Son optimisme n'était pas gratuit : il avait déjà escaladé les remparts, il s'était infiltré dans le labyrinthe de la vie et de la culture des habitants de cette région. Il avait une certaine connaissance de la réalité et il avait mesuré de sa main l'ampleur de la tâche qui se présentait à eux comme un défi. L'expérience du passé l'incitait à défier l'avenir. Il y a là-bas la plus fascinante des terres et il est possible de la conquérir pour vivre dans la justice et la paix dans cette merveilleuse région. Le fait de pouvoir imaginer et rêver sa vie dans ce cadre géographique le motivait suffisamment pour qu'il ose changer ses rêves en réalité.

Celui qui ne sait pas rêver, ne connaît pas le meilleur de la vie : "La vie est triste si nous ne la vivons pas en la rêvant un peu", dit une chanson sud-américaine. Le rêve de la conquête du pays donne la force pour faire les démarches nécessaires.

La réaction du peuple : nous ne pouvons pas

Devant les énormes difficultés, le courage du peuple s'évanouit et tombe à terre, laissant réapparaître alors l'ombre de l'esclavage.

Nous ne pouvons pas marcher contre ce peuple, car il est plus fort que nous (Nb 13, 31).

Il a suffi qu'apparaissent les premiers écueils pour qu'ils se laissent immédiatement impressionner. Conditionnés par leur passé, ils étaient incapables de mesurer leurs forces pour livrer une bataille avec des ennemis qu'ils supposaient plus forts qu'eux. La grande entreprise de la conquête fit rejaillir leurs complexes, ceux qui avaient peu à peu pris naissance au cours des quatre cent trente années de travaux forcés où ils n'avaient jamais compris le sens de tant de sacrifices, car ils n'avaient tiré aucun bénéfice de tous leurs efforts. Le même plan qu'en Egypte se présentait à eux : un énorme travail à faire, sans avantage direct pour eux.

D'avance ils établissent un dogme : *Nous ne pouvons pas.* Puis ils justifient leur attitude : *L'autre est plus fort que nous.*

Il semble curieux que ce soient les dix autres explorateurs qui se chargent de décourager tout le peuple. Ils ont vu la même chose que Caleb, ils ont bu l'eau fraîche et goûté le fruit de la vigne. Ils ont pénétré dans la terre où coulent le lait et le miel.

Alors pourquoi ont-ils une attitude contraire à celle de Caleb ? Cela vient d'une disposition intérieure. La réalité prend des nuances selon la couleur du cristal à travers lequel on la regarde. Ils n'étaient pas encore décidés à "brûler leurs navires"[1], afin de ne plus jamais penser à la terre des pharaons. Cette ombre ne s'évanouit pas automatiquement devant la splendeur de la terre promise. Même le feu de l'Alliance du Sinaï ne peut l'anéantir. Il faut une détermination intérieure à se conquérir d'abord soi-même, ce qui est le territoire le plus difficile à dominer.

Alors toute la communauté éleva la voix ; ils poussèrent des cris ; et cette nuit-là le peuple pleura (Nb 14, 1).

Ils commencèrent à pleurer et à se plaindre, ils avaient l'impression d'être trahis. Pourquoi avaient-ils quitté l'abri du pharaon où ils avaient travail et pain en toute sécurité ? Il était impossible de conquérir la terre qu'on leur promettait parce

1- Quand le conquérant espagnol, Hernan Cortès, débarqua sur les plages mexicaines et se rendit compte de la tâche grandiose qui l'attendait, il brûla ses navires afin que personne ne puisse faire marche arrière.

que ses habitants étaient plus forts et plus puissants que les pauvres fugitifs qui déambulaient dans les immensités désertiques de la péninsule du Sinaï.

- Un passé d'esclavage

Ils portent toujours le poids de l'oppression avec eux comme une ombre épaisse. Il nous faut affirmer une fois de plus que le problème n'était pas dans les habitants de Canaan, leur éloignement les rendait plutôt inoffensifs. C'est le fantasme de la captivité qui apparaît, celui qui leur a toujours présenté des menaces de mort. Autrement dit, la difficulté ne venait pas des Jébuséens ni des Amorites, elle ne venait pas non plus des remparts de pierre aux créneaux menaçants, mais bien du fait qu'ils traînaient avec eux le traumatisme de l'esclavage qui les avait toujours conduits au bord de la mort.

Dans ces circonstances, par association d'idées, ils sentent revenir encore une fois l'ange exterminateur, l'épée dégainée.

La peur de la mort ressurgit, après s'être bien formée et enracinée durant quatre cent trente ans à l'ombre des pyramides des pharaons. Continuellement menacés dans leurs droits les plus élémentaires et toujours en danger d'extinction, selon le caprice du pharaon qui voulait les exterminer sans aucune raison, ils étaient tombés dans la léthargie et l'apathie.

Puis tous les enfants d'Israël murmurèrent contre Moïse et Aaron, et la communauté tout entière leur dit : Que ne sommes-nous morts au pays d'Egypte ! Que ne sommes-nous morts du moins en ce désert ! Pourquoi Dieu nous mène-t-il en ce pays pour nous faire tomber sous l'épée, pour livrer en butin nos femmes et nos enfants ? (Nb 14, 2-3).

S'il en est un qui pouvait avoir peur, c'était Caleb qui avait vu personnellement les fils d'Anaq. Il s'était mesuré aux géants de Canaan et il avait une idée exacte de leur taille. La communauté d'Israël ne les a jamais vus, et pourtant elle est accablée par la peur ! C'est qu'elle est en train de se battre avec une chimère créée de toute pièce par son imagination. Il est plus difficile de lutter contre un fantasme, produit de l'esprit, que contre un vrai géant qui arrive avec son épée, son bouclier et sa cuirasse. Notre pire ennemi est en chacun de nous, fabriqué par nous-mêmes.

Beaucoup de problèmes actuels ne sont que le reflet d'autres problèmes du passé qui n'ont pas été résolus. Tout cercle qui n'a pas été fermé au passé se fera menaçant au présent, avec les conséquences du fait de n'avoir pas été règlé en temps voulu.

Celui qui craint la solitude est celui qui n'a pas appris à goûter l'intimité avec lui-même.
Celui qui refuse de se laisser aimer est celui qui ne veut pas courir le risque d'une expérience amère supplémentaire ou qui craint de correspondre à cet amour.
Celui qui a peur de l'abandon est celui qui n'a pas encore su assumer correctement le rejet d'un être cher.
Celui qui est angoissé quand le piédestal de l'image qu'il a de lui-même s'ébranle est celui qui a passé son temps à veiller avec excès à sa réputation et qui accorde trop d'importance au qu'en dira-t-on.
Celui qui s'effraie devant la pauvreté est celui qui a subi un désastre dont il ne s'est pas encore assez remis.
Celui qui a peur de l'échec, du ridicule ou de perdre la face, est celui qui n'est pas encore libéré des conditionnements et qui donne une valeur exagérée aux choses qui sont transitoires en elles-mêmes.

Les fantasmes n'existent pas, mais ils peuvent apparaître quand on les fabrique dans sa tête. Tout fantasme créé intérieurement à partir d'un cercle non fermé, ou d'un conflit non résolu, agrandit la difficulté du moment présent. Cependant, la question à traiter n'est pas celle d'aujourd'hui mais celle d'hier qui, comme une ancre, paralyse et empêche de naviguer dans la vie.

Les Hébreux se sentaient trahis. Pourquoi leur offrait-on cette terre merveilleuse, s'ils ne pouvaient en prendre possession ? Pourquoi les attirait-on en leur présentant les choses de façon séduisante, s'ils n'avaient pas de quoi payer le prix de la conquête ? Parallèlement surgissent les frères jumeaux : le complexe d'infériorité et la peur.

- Le complexe d'infériorité

Tous ceux que nous y avons vus sont des hommes de haute taille. Nous y avons aussi vu des géants (les fils d'Anaq, descendance des Géants). Nous nous faisions l'effet de sauterelles, et c'est bien aussi l'effet que nous leur faisions (Nb 13, 32-33).

Le complexe d'infériorité est en train d'affleurer, avec les deux caractéristiques qu'il présente toujours.

- Nous surestimons l'ennemi : C'est comme une loupe qui agrandit les problèmes, en les présentant comme des géants invincibles. Une fois de plus apparaît l'ombre de l'esclavage, qui les a maintenus pendant quatre siècles à la porte de la mort, dépendants des humeurs capricieuses des pharaons instables. Leur vie a toujours été menacée, la peine de mort a continuellement pesé sur eux. C'est pourquoi dès que leur sécurité ou leur existence sont menacées, le spectre de l'esclavage prend corps, prend forme et poids. Ils sont encore en esprit en Egypte, même si leurs pieds ont passé les frontières depuis longtemps. Voilà la racine de tous leurs malheurs.

- Nous nous sous-estimons nous-mêmes : D'autre part, nous nous prenons pour de pauvres sauterelles. Nous n'avons pas une perception exacte de nous-mêmes et nous sous-estimons la valeur de notre être. Et le pire est que nous croyons que les autres nous considèrent aussi de la même manière : *Et c'est bien aussi l'effet que nous leur faisions.*

En une concertation rapide, ils se demandèrent : *Ne vaudrait-il pas mieux retourner en Egypte ?* Et tous répondirent, sous l'effet de la peur : *Donnons-nous un chef et retournons en Egypte* (Nb 14, 4-5).

La peur les empêche de continuer et ils se sentent obligés de retourner au pays de l'oppression. Mais, comme ils savent que pour ce retour en arrière ils ne peuvent pas compter sur Moïse, ils veulent nommer un autre chef qui soit disposé à satisfaire leur lâcheté.

- L'avenir : une vie dépourvue de sens

Quand le passé nous affecte de façon si négative et que nous ne supportons plus le poids de la vie, c'est alors qu'il faut un contre-poids qui non seulement vienne rééquilibrer mais aussi harmoniser et catalyser le présent : une motivation, une aspiration profonde, une mission, un droit comme la justice et la paix, l'amour et le bien-être des autres. En un mot, il nous faut être conscients de notre mission dans ce monde.

La lumière du "pourquoi nous sommes nés" et la lampe du "sens de la vie" donnent au passé sa juste place dans l'équilibre écologique de l'existence. Le péché lui-même peut être une "felix culpa"[1] qui nous permet de faire l'expérience du pardon de Dieu. Non pas que tout soit bon, mais parce que la contradiction de la Croix peut transformer même les événements les plus négatifs en événements constructifs.

Il s'agit donc d'arriver à découvrir le sens de la vie. Reconnaître que nous sommes uniques, que personne jamais ne nous ressemblera, que nous avons une mission que seul

1- La liturgie pascale qualifie le péché d'Adam de *felix culpa*, parce qu'il nous a mérité le Rédempteur.

nous-même et personne d'autre pouvons remplir. Si nous n'espérions rien de la vie jusqu'ici, il faut croire que la vie, elle, attend quelque chose de nous. Sinon, il manquera un instrument à l'orchestre et une couleur à l'arc-en-ciel de l'histoire.

D'autre part, "Celui qui a trouvé pourquoi il vit en ce monde, accepte facilement le comment"[1]. On paye sans difficulté le prix de la route qui nous conduit à un but qui en vaut la peine. Alors, tout prend sa juste place et entre dans une perspective vraie, sans grossir les problèmes et sans nous anéantir devant eux.

Le problème actuel peut faire remonter d'anciennes blessures ou peut être la clé pour fermer le cercle que le passé avait laissé ouvert. Prendre l'une de ces directions dépend de l'attitude dans laquelle on aborde les choses. Le passé n'existe plus, mais on ne peut pas non plus le renier. Cependant, les situations présentes sont des occasions pour nous guérir psychologiquement des effets de telles conséquences, afin d'atteindre la liberté qui nous permet de nous engager devant de nouveaux défis ou de nouvelles difficultés.

Comme toujours, les Hébreux cherchent un coupable sur qui ils puissent décharger toute leur frustration. La colère du peuple explosa contre Moïse et Aaron, qu'ils considéraient comme imprudents pour n'avoir pas calculé sérieusement l'ampleur de l'entreprise. Eux, et eux seuls, étaient les responsables du génocide qui les guettait.

Leur frustation se transforma en une insurrection contre les seuls fautifs de cette injustice. Dans le complot qu'ils fomentaient contre eux, quelqu'un parla même de les lapider. Tout paraissait un cauchemar, à cause de ceux qui avaient rêvé que la liberté est possible.

1- Nietzsche, cité par Victor Frankl.

- La peur : un triple péché

La peur est le pire de tous les ennemis de l'homme. Il peut y avoir de grandes difficultés, même des problèmes insolubles, mais la peur est la seule chose qui vienne du coeur de l'homme qui craint que se répètent des expériences négatives (ou pour mieux dire : des expériences où il n'a pas su voir les aspects positifs, car quel est l'événement qui n'a pas en lui une charge de lumière et une autre d'ombre ?). La peur est une triple atteinte :

- A la foi : c'est penser que Dieu lui-même n'est pas capable de trouver une solution au problème ; ou, ce qui est pire, ne pas vouloir compter sur Lui dans les adversités de la vie.

- A l'espérance : la peur nous fait perdre la boussole de l'avenir. Elle nous enferme dans un cercle vicieux et mortel, comme un tourbillon qui nous entraîne. C'est le quetzalcoatl[1], ce serpent qui se mange lui-même. C'est croire que Dieu ne peut pas avoir plus de solutions que l'intelligence humaine.

- A l'amour : ce n'est pas la haine qui s'oppose le plus à l'amour, mais la peur. La haine est l'amour profané, mais la peur est l'absence de l'amour. Plus il y a de peur, moins il y a d'amour, alors que *l'amour bannit la crainte.*

Le pire est qu'elle paralyse la colonne vertébrale de notre personnalité qui est la liberté. Elle nous rend incapables d'user de notre volonté, puisqu'elle nous conditionne de telle manière qu'elle détruit tout ce qui nous fait grandir comme personne : prendre les décisions adéquates au moment opportun.

La peur nous abat avant la bataille. On est vaincu d'avance et il ne reste plus qu'à baisser les armes et se rendre devant n'importe quel problème, persuadé qu'il n'y a aucune solution. Dans une telle crise, il n'y a plus qu'une porte ouverte, celle du désespoir, antichambre du suicide, qui prend diverses

1- Serpent de la mythologie aztèque

formes : l'alcool, la drogue, l'activisme, le pessimisme, le refus de soi-même et des autres, l'autodestruction, le mépris, etc.

La réaction de Moïse : il s'écroule

Devant toute la communauté assemblée des enfants d'Israël, Moïse et Aaron tombèrent la face contre terre (Nb 14, 5).

Il ne s'agit pas d'une prosternation devant le pouvoir infini de Dieu, mais de l'impuissance radicale devant l'attitude lâche du peuple. Moïse, contaminé par la frustration et la lâcheté du peuple, s'écroule, tombe à terre, écrasé par une montagne de problèmes. Son courage, faible et fragile, éclate comme un verre de cristal sur les rochers du désert. Le guide qui devait soutenir l'espérance des siens est à bout. Il semble n'avoir même plus la force de crier vers Dieu. Il tombe face contre terre, non pas devant la puissance de Dieu mais devant la faiblesse du peuple, faisant l'expérience de sa propre incapacité. Il est certain que maintenant toutes les portes sont fermées et le labyrinthe est indéchiffrable. Celui qui devait trouver la porte de sortie est en train de se cacher la tête dans le sable.

Il y a des commentateurs insatisfaits devant cette attitude si défaitiste de Moïse et qui se demandent ce qui a bien pu se passer avec le vaillant libérateur. Pourquoi cette trempe d'acier devient-elle si fragile et si friable devant les difficultés ?

Sans doute la réponse ne sera-t-elle qu'une série d'autres questions. Pourquoi faudrait-il toujours être fort ? N'a-t-il pas le droit, lui aussi, de montrer ses faiblesses ?

C- L'échappatoire

Que faire avec ce peuple d'argile qui se fissure au moindre problème ? Il ne jugeait pas opportun d'entreprendre une bataille qui était perdue d'avance...

De ceux qui avaient exploré le pays, Josué, fils de Nûn, et Caleb, fils de Yephunné, déchirèrent leurs vêtements (Nb 14, 6).

Il s'agit de deux personnes qui se réunissent pour trouver la solution. Déchirer ses vêtements est un acte de protestation contre l'attitude du peuple. C'est une manifestation de désaccord total avec eux, qui rompt le cercle vicieux qui les tient prisonniers.

Ils savent qu'avec une telle attitude défaitiste on ne peut pas se lancer dans la conquête de Canaan. Il faut d'abord gagner une autre guerre : vaincre les complexes et soigner les traumatismes générés par les siècles d'esclavage. Gagner la bataille contre la peur. Mais comment ? La seule issue est de perdre la peur.

"Ne crains pas !" est l'ordre le plus souvent répété dans la Bible, et c'est pourquoi nous y sommes tenus, plus peut-être qu'à tout autre commandement. On dit qu'il apparaît 365 fois tout au long de l'Ecriture, comme pour nous laisser à penser qu'il vaut pour chaque jour de l'année.

Cependant, la peur est l'un de ces ennemis que l'on ne peut pas affronter directement : "Je ne vais pas paniquer, je n'ai pas peur." Non. C'est inutile, on risque plutôt d'épuiser ses forces et d'augmenter la peur. Il faut présenter un contre-poids qui capte l'attention.

C'est Caleb qui va énumérer certains points capables d'aider à vaincre ce terrible ennemi inventé par l'esprit de l'être humain.

Le pays que nous sommes allés reconnaître est un bon, un très bon pays. Si Dieu nous est favorable, il nous fera entrer en ce pays et nous le donnera. C'est une terre où ruissellent le lait et le miel. Mais ne regimbez pas contre Dieu. Et n'ayez pas peur, vous, du peuple de ce pays car nous n'en ferons qu'une bouchée (Nb 14, 7-9).

La terre est bonne

Reconnaître ce qui est bon. Il ne faut pas porter son attention sur la difficulté mais sur ce que l'on va obtenir. Quand on veut acheter la perle de grand prix, on ne regarde pas à celles que l'on doit vendre. Ce qui est absurde, c'est que beaucoup de gens s'arrêtent sur l'idée de ce que coûte le bonheur, au lieu de ce que l'on en goûte.

Si Dieu est avec nous

C'est un conditionnel. Cela dépend d'abord de sa présence et de l'aide qu'il manifeste librement quand il veut et où il veut. Il fait miséricorde et accorde sa grâce à qui il lui plaît.

Alors, nous sortirons victorieux de la lutte et nous pourrons conquérir la terre promise. Ce sera bien plus facile que ce que nous nous imaginions, car cela ne dépend pas de nos forces mais de la puissance infinie de Dieu.

D'autre part, cela dépend aussi de notre liberté, c'est-à-dire si l'on accepte Dieu tel qu'il est, sans mettre de conditions à ses mystérieux desseins.

Nous n'en ferons qu'une bouchée

On ne se cache pas la taille du problème, mais on affirme la puissance illimitée de Dieu pour sortir *plus que vainqueurs* de toute adversité. Il ne faut pas minimiser la difficulté ni prendre des risques avec une témérité suicidaire, mais fixer les yeux sur la puissance de Celui qui est capable de ressusciter les morts. Si Dieu est avec nous, qui sera contre nous ? Rien ne peut nous séparer de l'amour de Dieu. Et devant la taille de la puissance divine, les ennemis, les difficultés, quelque conquête que ce soit, *nous n'en faisons qu'une bouchée.* C'est pour cela, et seulement pour cela, que l'on peut s'exclamer avec le psalmiste :

Qu'une armée vienne camper contre moi, mon coeur est sans crainte ; qu'une guerre éclate contre moi, j'ai là ma confiance (Ps 27, 3).

La paix ou l'angoisse dépendent de celui avec qui nous mesurons le problème. Si nous le mesurons avec nous-mêmes, c'est un *géant* invincible. Si nous le mesurons avec la puissance de Dieu, *nous n'en faisons qu'une bouchée.*

Ainsi donc, la peur est le thermomètre qui indique avec quel instrument nous affrontons les difficultés : avec le nôtre, qui est minuscule, ou avec celui de la puissance divine qui n'a pas de limite.

Curieusement, ce ne fut pas Moïse qui trouva l'échappatoire de cette si grave situation, mais Josué et Caleb. Cela signifie que le chef n'a pas toutes les solutions, car lui aussi est fait d'argile. Ce qui fait la grandeur de Moïse, ce n'est pas d'être une encyclopédie ou une machine à réponses. C'est un homme, en chair et en os, limité, humain comme tous les autres, qui a ses défauts, mais qui est ouvert à ce qui est bon dans les autres et ne s'oppose pas à eux par vaine jalousie.

Voyons encore d'autres aspects qui pèsent en faveur de la victoire sur la peur.

Dieu aime la vérité au fond de l'être

L'autre partie des pinces qui nous permettent d'emprisonner la peur, c'est le secret que David nous transmet dans son plus beau psaume de confession des péchés.

Dieu aime la vérité au fond de l'être (Ps 51, 8).

Il aime notre vérité, et notre vérité est que nous sommes des êtres humains faits d'argile et d'un souffle de l'Esprit divin. Notre être, à son image et ressemblance, est digne d'être aimé. Chacun de nous porte une immense valeur, une richesse incalculable. Par notre histoire et le secret intime de notre vie, nous tenons une place unique dans le concert de la vie. Nous sommes en possession d'une source d'amour qui débouche sur un océan de bonheur. Nous sommes uniques et indispensables dans ce monde.

D'autre part, nous sommes des êtres finis, faits d'argile fragile. A chaque pas, nous constatons que notre idéal est au-dessus de nos possibilités et que nous sommes plus fragiles qu'il n'y paraît. Aussi limités que transcendants ; petits mais chargés d'une mission gigantesque, d'une force puissante pour gagner l'univers, mais en même temps si faibles pour nous dominer nous-mêmes. Nous voulons faire le bien et nous ne le faisons pas.

Voilà notre vérité : des êtres de contrastes, parfois contradictoires, avec des opposés qui luttent pour s'imposer en nous. C'est pourquoi Dieu n'exige pas de nous la perfection mais l'authenticité.[1] Dieu vomit seulement le coeur partagé et l'hypocrisie : vouloir paraître meilleurs que nous sommes, et pire encore, se croire meilleurs que les autres.

Il n'y a rien de mal à reconnaître ce que nous avons de bon si nous n'entrons pas en compétition avec les grâces des autres, et si nous ne nous approprions pas ce qui nous a été confié pour le bien des autres.

Tout concourt au bien

Un autre point qui nous libère de la peur, est la conviction profonde qu'*avec ceux qu'il aime, Dieu collabore en tout pour leur bien* (Rm 8, 28).

1- Comment doit-on alors comprendre la parole de Jésus : Soyez parfaits comme mon Père céleste est parfait ? Dieu est parfait car il est comme doit être Dieu. Sa perfection vient de ce qu'il est ce qu'il doit être. La "perfection de l'homme", par analogie, doit consister à être pleinement homme : un souffle divin sur l'argile fragile.

Non pas que toutes les choses soient bonnes de façon immédiate, mais parce que toutes sont susceptibles de l'être, même le péché, pourvu que nous le pleurions.

Celui qui a une raison de vivre paie volontiers le péage de la route du désert, car il sait que l'exode est le seul chemin qui le conduit à la terre que Dieu a promise. Le sens de la vie est l'axe d'équilibre pour pouvoir marcher. Il suffit alors d'un seul point d'appui et l'on est capable de déplacer la terre.

Chacun de nous est en train de sortir de son Egypte, quel que soit le genre d'esclavage. Mais savons-nous où nous allons au milieu des difficultés de cette vie ? Si nous ne le savons pas, nous nous égarons et c'est insensé de vouloir traverser les adversités de l'existence ou de payer le prix fort pour être les protagonistes sur la scène de l'histoire.

L'oeuvre de Dieu n'est ni un automatisme ni une garantie, même si nous avons fait une alliance avec lui. Pour effacer, ou pour mieux dire, pour transformer les conséquences de l'époque de l'esclavage, il faut un long processus, à petit feu, qui mène à une réelle maturité et non pas à un changement artificiel ou à un pauvre vernis extérieur.

La rencontre avec le Seigneur ne suffit pas. Il faut assumer le passé afin de le sauver, sans rancunes ni peurs, sans lui tourner le dos, mais en acceptant de bon coeur la vérité de notre histoire, sachant que Dieu ne nous juge pas ni ne nous condamne pour ce que nous sommes personnellement, puisqu'il aime la vérité au fond de l'être.

D- La réaction de Dieu et l'intercession de Moïse

Non seulement les Hébreux voulaient retourner à l'oppression, mais ils voulaient aussi, par un coup d'état, renverser leur chef choisi par Dieu. Mais Dieu lui-même assure la défense de son ami. Il s'identifie avec la cause de son fidèle serviteur et s'écrie :

Jusques à quand ce peuple va-t-il me mépriser ? Jusques à quand refusera-t-il de croire en moi, malgré les signes que j'ai produits chez lui ? (Nb 14, 11).

Ce qui blesse le plus Dieu, c'est la méfiance des siens, car c'est une atteinte à l'amour. Alors, la jalousie divine explose pour anéantir le peuple et en former un nouveau. Et la peste va se répandre dans tout le camp pour contaminer les enfants comme les vieillards, les hommes comme les femmes.

Quand Moïse entend les hurlements de la foule, il réalise que c'est le châtiment divin qui est tombé sur eux, mais au lieu de se réjouir de la revanche de Dieu, il se dirige immédiatement vers la Tente de la Réunion et fait une des plus belles prières pour le peuple qu'il aime malgré sa révolte et ses murmures (cf. Nb 14, 13-19).

> "Seigneur, les Egyptiens savent que tu nous as libérés par ta force pour nous conduire vers la terre que tu as promise à nos pères. Tous les peuples voisins ont entendu parler de tes haut-faits et de tes exploits. Jusqu'aux extrémités de la terre on sait que tu nous mènes à la terre promise au milieu de grands prodiges.
>
> Mais si tu nous extermines et nous tues, tu t'imagines ce qu'ils vont penser et raconter de toi ? Ils diront que tu n'as pas été capable de mener à bien ton oeuvre, que tu as épuisé tes forces à mi-chemin, et que tu t'es moqué de ceux qui avaient mis leur confiance en tes promesses...
>
> Seigneur, si tu veux, tu peux en finir avec ce peuple pécheur. Mais qu'en sera-t-il alors de ton honneur et de ta gloire ? Ton Nom sera profané parmi les nations. Alors, qui osera croire que tu es bon et compatissant comme tu l'as proclamé ? Qui mettra sa confiance en tes paroles ? Oh, Feu divin, n'éteins pas la flamme de ton peuple, sinon où resplendira la lumière de ta miséricorde ?"

Moïse évoque autant les engagements de Dieu que sa nature divine : bon et compatissant, qui sait pardonner la révolte et le péché. Dieu aurait pu user de sa liberté pour changer ses plans, rejeter Israël et choisir un autre peuple, mais il ne pourrait jamais renoncer à ce qu'il est par essence, plein de bonté et de douceur.

E- Le passage refusé

A cause de la prière désintéressée et astucieuse de Moïse, Dieu arrête la peste qui est en train de détruire Israël, mais il promet qu'aucun de ces lâches n'est digne d'entrer dans la terre promise.

En échange de leur peur, ils devront passer dans le désert une année pour chacun des quarante jours que dura l'exploration de la terre de Canaan.

Vous avez reconnu le pays pendant quarante jours, chaque jour vaut une année : quarante ans vous porterez le poids de vos fautes, et vous saurez ce que c'est que de m'abandonner (Nb 14, 34).

Dieu s'était d'abord fâché, parce que le peuple ne voulait pas entrer en Canaan, maintenant c'est lui-même qui décide qu'il n'y entrera pas. Ce fut sûrement un coup très dur pour tout le monde. Il n'ont plus qu'à marcher à la lumière d'une espérance, celle de savoir que ce seront leurs fils qui entreront en terre promise.

Cependant, Dieu voyait plus loin que les Israélites. Pour conquérir la terre promise il fallait qu'il se forge un nouveau peuple, capable de surmonter les difficultés, ayant confiance en lui-même et dégagé de tout complexe, un peuple uni dans un esprit de victoire. Pour cela, il faudrait passer quarante ans dans le feu de la purification.

Pour cette raison, ou peut-être pour une autre, Dieu déclare aussi à Moïse, son ami intime, qu'il ne pourra pas entrer en terre promise.[1]

Parce que vous m'avez été infidèles au milieu des enfants d'Israël, aux jours de Mériba-Cadès, dans le désert de Cîn, parce que vous n'avez pas manifesté ma sainteté au milieu des enfants d'Israël, c'est du dehors seulement que tu verras le pays, mais tu n'y pourras entrer, en ce pays que je donne aux enfants d'Israël (Dt 32, 51-52).

Ce fut sans doute un choc psychologique difficile à vivre. Comme des éclairs traversant son esprit, il a dû se poser ces questions.
- Si je ne dois pas entrer, alors pourquoi continuer plus loin ?
- Est-il juste de marcher pendant quarante ans si ce n'est pas pour trouver le repos ?
- N'étais-je pas mieux là-bas dans ma tente où j'avais tout ce dont j'avais besoin ?
- Pourquoi entreprendre quelque chose que je ne terminerai pas ?
- Quel intérêt de continuer si une frontière m'empêche de passer pour recueillir la récompense de tant d'efforts et de sacrifices ?
- Quels avantages vais-je tirer de tant de problèmes ?

Les réponses à ces questions, qui paraissent légitimes, sont d'autres points d'interrogation. Pourquoi toute action doit-elle avoir un résultat pratique ? Est-il possible de faire quelque chose pour le seul plaisir de le faire, sans attendre rien en retour ? L'activité humaine n'est-elle pas en soi précieuse et digne ? Pourquoi voulons-nous toujours gagner quelque chose dans notre relation avec Dieu ? Faire ce qu'il nous demande n'est-ce pas plus important que toute autre

1- Il y a beaucoup d'hypothèses sur la dite faute de Moïse, mais la note de la Bible de Jérusalem en Nb 20, 12, affirme : la faute de Moïse reste un mystère.

chose ? Pourquoi devons-nous toujours espérer une récompense à notre piété et à nos bonnes oeuvres ? Pourquoi tombons-nous dans le commerce spirituel du donner pour recevoir, prier pour obtenir, faire pour mériter ? Qu'est-ce qui a plus de valeur : prier pour obtenir une grâce ou ouvrir en toute confiance notre coeur à l'Ami sans absolument rien attendre ? Est-il meilleur de communier pour entrer en communion avec Celui qui a livré sa vie librement, ou de comptabiliser les neuf premiers vendredis du mois pour soi-disant obtenir le salut ?

L'Ecriture nous dit qu'en un instant *ils aigrirent l'esprit de Moïse* (Ps 106, 33). Des sentiments d'échec, de frustration et de douleur se mêlèrent dans l'âme du guide. Il devait même se sentir un peu déçu ou trompé. De plus, Josué et Caleb, eux, entreraient, tandis que celui qui portait la plus lourde responsabilité ne pourrait pas entrer.

Il ne comprenait pas ce Dieu-là. Pourtant, il répond avec une générosité irréprochable. Malgré ce mélange de sentiments, il décide de continuer fermement à avancer comme s'il voyait l'invisible (cf. He 11, 27).

Quelque temps auparavant, au milieu d'une crise dans le désert, il s'était demandé : "Qu'est-ce que j'attends de la vie ?" Sa réponse avait été frappante : absolument rien. Plongé dans une terrible dépression, il avait désiré la mort. Mais maintenant, il inversait les questions : "La vie, qu'attend-elle de moi ? Quel est mon rôle irremplaçable dans le scénario de l'histoire ? Que puis-je faire en quoi personne ne puisse me remplacer ?"

Moïse avait trouvé le sens de son existence, qui lui donnait une raison de vivre et le rendait capable de surmonter n'importe quelle adversité. Celui qui a trouvé la direction de sa vie, peut dépasser n'importe quel obstacle afin d'arriver au but. Les contrariétés ne l'arrêtent pas, au contraire, elles sont le tremplin pour atteindre le sommet.

Il s'était enfin identifié avec sa mission et pouvait se situer dans ce désert plein de rocaille. S'il avait résisté quelques années avant, maintenant il ne pouvait pas manquer de remplir sa tâche, puisqu'il se considérait irremplaçable. Il avait compris que quoiqu'un autre puisse faire son travail, personne ne le réaliserait pour lui à sa place. L'oeuvre continuerait mais lui resterait inachevé. Elle est nécessaire pour lui-même. C'est pour cela et seulement pour cela qu'il peut dire :

- "Bien que je n'entre pas moi-même, il vaut la peine de continuer afin qu'entrent mes frères... "
- "Bien que je n'en tire aucun gain, ce qui m'importe est que les miens triomphent... "
- "Je ne travaille pas pour la récompense ou le salaire, puisque je sais d'avance qu'il n'y aura pour moi aucun genre de bénéfice... "
- "Je vais brûler ce buisson de l'Horeb pour incendier les autres... "

Déjà Moïse avait passé la frontière de Canaan pour atteindre la terre promise. Il avait dépassé la réalité tangible et il allait marcher comme s'il voyait l'Invisible et comme s'il entendait l'Ineffable, parce qu'il avait déjà conquis la terre la plus difficile à maîtriser : son propre territoire. Déjà il avait assumé son argile, dans son être intérieur, où très peu osent entrer. Ou encore mieux, l'amour de son Ami le rendait capable de surmonter toute adversité.

Moïse était totalement libre. La réussite personnelle de sa mission ne lui importait plus et ne le conditionnait plus. Il n'était plus dépendant d'aucun intérêt personnel. Il n'accomplissait même plus sa vocation parce qu'il était soumis à l'impératif catégorique du devoir, mais il travaillait en toute liberté, sans amarres ni lest, non pour le salaire, inexistant, mais uniquement pour être au service de ses frères.

Sa vie, auparavant fermée, s'ouvre à un nouvel horizon : marcher, parce qu'au-delà de la terre promise il y a son Ami qui l'aime et l'attend. Ce passage nous a souligné quelques aspects très riches d'intérêt :

- Les problèmes actuels ne sont pas aussi réels que nous le pensons. Ils souffrent du mal chronique de l'inflation, car ils sont conditionnés par le passé. C'est pourquoi, la situation présente n'est pas la première inconnue à déchiffrer, puisqu'elle est seulement la manifestation de conflits antérieurs non solutionnés. D'autre part, la situation actuelle n'est rien d'autre qu'une fenêtre qui s'ouvre pour donner la clé qui fermera le cercle du problème à résoudre.
- L'avenir et le sens de la vie se déterminent au présent. Par ailleurs, l'avenir conditionne le présent, orientant la conduite. Celui qui a trouvé une raison de vivre sait facilement manoeuvrer tous les événements de l'existence. Celui qui n'a pas découvert le sens de son existence, mène une vie grise et souffre d'anémie spirituelle. C'est pourquoi l'on ne peut pas seulement se centrer sur le présent, qui par lui-même est ce qu'il y a de plus transitoire et qui se dilue à chaque seconde. Il faut mettre un phare devant nous, qui donne l'orientation de la vie.
- Mesurer les problèmes avec la puissance de Dieu et non avec la barre de nos limites.
- On peut perdre la bataille contre des ennemis plus puissants, mais pas contre la peur.
- Comment intercéder : le véritable intercesseur ne parle pas pour son prestige personnel, mais en faveur de ses détracteurs, et pour atteindre son objectif il reprend les paroles mêmes de l'engagement de Dieu.
- Dieu aime la vérité au fond de l'être, et tout concourt au bien de ceux qui aiment Dieu.
- Il ne faut pas faire le bien en cherchant un bénéfice indirect. Le véritable amour est désintéressé.

10- LES SERPENTS VENIMEUX[1]

Tandis qu'il contournait la terre d'Edom, près du golfe d'Acaba, *le peuple perdit patience* (Nb 21, 4). Il trouvait le chemin trop long et trop ennuyeux. Il voulait des choses faciles et immédiates. Alors, il se mit une fois de plus à murmurer et à se plaindre de la manne.

Pourquoi nous avez-vous fait monter d'Egypte pour mourir en ce désert ? Car il n'y a ni pain ni eau ; nous sommes excédés de cette nourriture de famine (Nb 21, 5).

Puisqu'ils méprisaient le don de Dieu, le désert se convertit en un nid de vipères qui sortaient de toutes les pierres, en mordant et tuant un grand nombre. Face à une telle situation, le peuple reconnaît son erreur.

Nous avons péché en parlant contre Dieu et contre toi. Intercède auprès de Dieu pour qu'il éloigne de nous ces serpents (Nb 21, 7).

Moïse se dirige encore une fois vers la Tente, mais Dieu ne lui donne pas la solution de facilité qui serait d'éloigner les serpents, il en donne une tout autre : façonner un serpent d'airain et le placer sur un étendard. De cette manière, quiconque aura été mordu sera guéri de son mal. Moïse sculpta soigneusement le serpent de bronze poli et l'éleva au-dessus du camp.

Cependant, il faut remarquer un détail riche de sens, à l'affirmation : *Quiconque aura été mordu et le regardera restera en vie*. Le serpent de bronze n'évitait pas les morsures, mais il était là pour ceux qui auraient été attaqués par les vipères. Ce n'était pas une amulette qui garantit une immunité

1- Le serpent, tant pour son venin que pour ses qualités thérapeutiques, capable de produire la mort ou la vie, était l'un des symboles préférés de l'autorité pharaonique.

diplomatique, mais un signe d'espérance pour ceux qui seraient condamnés à mort. Les dons divins ne sont jamais des assurances contre les accidents ou des vaccins contre les éventualités de la vie. Dieu ne nous promet pas l'absence de problèmes, mais il nous garantit une solution pour tous, même ceux qui conduisent à la mort.

Du fait d'être dans le monde, nous sommes exposés à toutes les calamités de la société, mais nous qui regardons la Croix de Jésus-Christ, ou pour mieux dire Jésus-Christ sur la Croix, nous savons que la mort a été vaincue et qu'il y a une espérance qui ne meurt pas parce que Celui qui a été élevé sur la Croix est ressuscité et vivant, afin de donner la vie à ceux qui viennent à lui avec foi.

La puissance du Seigneur se manifeste si grande à travers cet étendard et son serpent de bronze, que bien vite on commencera à lui offrir de l'encens (cf. 2 R 18, 4). Ce qui était un simple instrument de salut est substitué à Dieu lui-même.

Les Israélites pieux n'entraient pas dans le temple, ils restaient devant l'autel dressé au serpent à qui ils allumaient des veilleuses et caressaient la tête avec grande vénération.

Aux alentours du temple, les trafiquants de commerce religieux profitaient de cette dévotion pour fabriquer des répliques d'or, de bronze, de bois, de différentes tailles, du fameux serpent. Ainsi on pouvait se procurer un serpent et l'emporter chez soi pour ne pas même avoir l'effort à faire de venir à l'autel. D'autres fabriquèrent des médailles et des porte-clés qui se vendaient très cher, dès lors qu'ils étaient frappés à l'effigie miraculeuse.

Des siècles après, le roi Ezéquias, dans son ardent désir de revenir à un idéal religieux plus pur[1], osa détruire cet étendard

1- Le roi Ezéquias (716-687), aidé par les prophètes Isaïe et Michée, a réalisé une réforme religieuse.

et son symbole trompeur. Il rencontra évidemment beaucoup d'opposition et fut durement critiqué. Mais c'est que le serpent, qui était seulement *un signe de salut* (Sg 16, 6), avait été confondu avec le Sauveur.

Certes, les générations postérieures furent aussi coupables d'une telle idolâtrie, mais Moïse fut responsable d'avoir procuré la matière première de l'idole. Ezéquias ferma le puits où le peuple s'était déjà noyé. Mais si Moïse avait détruit le serpent à temps, Israël n'aurait pas chuté dans l'infidélité. Pour avoir voulu conserver un souvenir concret d'une action divine, celui-là se dénatura et se transforma en un objet magique qui dégénéra en idole, rivalisant avec le Dieu unique d'Israël.

Il est extrêmement dangereux d'adorer un don divin à tel point qu'il devienne une amulette et conduise à l'idolâtrie, supplantant ainsi Dieu lui-même. Moïse voulut concentrer le feu divin dans ce serpent d'airain miraculeux, et le seul résultat qu'il obtint fut que les Israélites s'attachèrent au signe et non au signifié. Il lui manqua la vision.

Tout signe, tout serpent de bronze, est donné pour un moment précis de l'histoire, mais il ne faut pas oublier que Dieu transcende le temps. Aucun serpent de bronze ne peut être éternel ou supérieur à tout.

La plénitude des temps étant arrivée, Dieu éleva son Fils sur la Croix pour que tout homme qui le regarde avec foi, ait la lumière de la vie au lieu de périr. Elevé sur la Croix, il attire tous les hommes à lui parce qu'il nous montre l'amour infini de Dieu pour l'humanité blessée par le venin du péché.

Si le péché est entré dans le monde par le mensonge de l'ennemi symbolisé par le serpent sur l'arbre du paradis, le salut se réalise par l'amour de Celui qui, sur l'arbre de la Croix, ressemble à un ver et non à un homme.

C'est grâce à ses plaies que nous sommes guéris (Is 53, 5).

11- L'ALLIANCE

Trois mois après être sortis d'Egypte, ils arrivèrent au Sinaï. Ils campèrent à Rephidim, face à la montagne sainte de Dieu (cf. Ex 19, 1-2).

Or, le surlendemain, au lever du jour, il y eut, sur la montagne, des tonnerres, des éclairs, une épaisse nuée, accompagnés d'un puissant son de trompe, et dans le camp, tout le peuple trembla (Ex 19, 16).

L'endroit même où Moïse fit l'expérience du buisson ardent, est le cadre splendide où se déroule l'événement le plus important de notre économie : l'Alliance[1] d'union entre Dieu et Israël, le berger de Madiân étant le médiateur de cet engagement.

A- L'ancienne Alliance

Moïse conduisit le peuple hors du camp, à la rencontre de Dieu, et ils se tinrent au bas de la montagne. La montagne du Sinaï était toute fumante parce que Dieu y était descendu sous forme de feu. La fumée s'en élevait comme d'une fournaise et toute la montagne tremblait violemment. Il y eut un son de trompe qui allait s'amplifiant. Moïse parlait, et Dieu lui répondait par des coups de tonnerre. Dieu descendit sur la montagne du Sinaï, au sommet de la montagne, et manda Moïse au sommet de la montagne. Et Moïse monta (Ex 19, 17-20).

Devant ces tonnerres, ces lueurs, ce son de trompe et la montagne fumante, tout le peuple trembla de peur et se tint à distance (Ex 20, 18).

1- Ce concept est si important que le mot *alliance* (*Berit* en hébreu) apparaît 285 fois dans l'Ancien Testament, et son correspondant 33 fois dans le Nouveau Testament.

Au milieu de ces impressionnants phénomènes naturels, Moïse monte sur la montagne à plusieurs reprises pour porter et rapporter demandes et réponses, de Dieu comme du peuple. Moïse est le pont de communication entre les deux.

B- Les deux clauses

En tant que telle, l'Alliance se résume en deux clauses :
Je serai ton Dieu.
Tu seras mon peuple.

Dieu s'engage librement à considérer Israël comme son peuple de prédilection. Il l'adopte, par pur amour, comme son bien personnel, et il en accepte la responsabilité en tout temps et en toute circonstance.

L'amour divin a deux caractéristiques :
-"Emet" : amour qui aime toujours en vérité. Dieu est fidèle et son amour ne faillit jamais.
-"Hesed" : amour tendre et inconditionnel. Dieu est riche en miséricorde et s'engage à ne jamais cesser d'aimer.

De son côté, Israël accepte et reconnaît Adonaï pour son unique Dieu. Il ne mettra sa confiance en personne d'autre et ne dépendra de personne d'autre que lui. C'est pourquoi, l'essence de son credo, proclamée dans le Shema, affirme : *Ecoute, Israël, le Seigneur est notre Dieu, le Seigneur est Un* (Dt 6, 4).

Donc il s'agit d'un engagement d'amour réciproque. L'élection divine avait pour but de faire une alliance avec ce peuple, mais en même temps, Israël devait donner une réponse.

Moïse recueillit la moitié du sang et la mit dans des bassins, et il projeta l'autre moitié contre l'autel. Il prit le livre de l'Alliance et il en fit la lecture au peuple, qui déclara : Tout ce qu'a dit Dieu, nous le mettrons en pratique et nous y obéirons. Moïse, ayant alors pris le sang, le projeta sur le peuple et dit : Ceci est le sang de l'Alliance que Dieu a conclue avec vous moyennant toutes ces clauses (Ex 24, 6-8).

Le sang de l'Alliance scelle la communion entre Dieu (symbolisé par l'autel) et le peuple, les deux parties étant arrosées par le même sang.[1]

Ce pacte bilatéral s'exprime dans le contexte juridique et culturel de l'époque, mais dans le fond il manifeste la communion intime de Dieu avec Israël. Avec les années, il ne sera plus considéré comme un simple engagement. Les prophètes le présenteront comme la relation d'un vigneron avec sa vigne (cf. Is 27, 2-7), d'un berger avec son troupeau (cf. Ez 34, 11-16), d'un époux avec son épouse (cf. Os 2, 18-25), d'une fiancée avec son fiancé (cf. Jr 2, 2-32), ou d'un père avec son petit enfant (cf. Os 11, 1-4).

C- Un engagement communautaire

Cette Alliance, à la différence de celle de Noé (cf. Gn 9, 9) ou d'Abraham (cf. Gn 17), se réalise avec un peuple tout entier qui reçoit le Code de l'Alliance. Ce n'est pas un engagement individuel. Dieu se lie à une communauté. Tous sont responsables de la réponse des autres. La fidélité de chacun construit la fidélité de l'ensemble, de même que l'infidélité de l'un se répercute sur tous.

Le projet de Dieu se tisse en communauté. Dieu se forme un peuple qui sera dépositaire de ses promesses. Il scelle une Alliance avec lui pour manifester qu'il établit une relation avec une communauté composée de personnes liées les unes aux autres et interdépendantes.

1- Le sang était considéré comme le siège de la vie (cf. Lv 17, 11), d'où son emploi essentiel pour l'Alliance.

A partir de ce moment-là et de ce lieu, le destin d'Israël dépend de la fidélité de Dieu, mais aussi la gloire du nom de Dieu dépend du peuple qui lui appartient.

D- L'initiative divine

Comme dans toutes les autres alliances, c'est Dieu qui prend l'initiative. Il s'unit à Israël dans un acte de pleine liberté. Ce n'est pas le peuple qui choisit Adonaï pour Dieu. Au contraire, c'est Dieu qui décide de choisir Israël.

Si Dieu s'est attaché à vous et vous a choisis, ce n'est pas que vous soyez les plus nombreux de tous les peuples : car vous êtes les moins nombreux d'entre tous les peuples. Mais c'est par amour pour vous (Dt 7, 7).

Cet amour de Dieu pour son peuple lui donne la grâce de répondre à son amour. Dieu aide Israël pour qu'il puisse être fidèle et il lui donne une loi pour que, connaissant ses desseins, il soit capable d'accomplir sa volonté.

E- La loi

Alors, il s'approcha à nouveau, sur le flanc de la montagne, avec les soixante dix anciens, pour porter la réponse du peuple à Dieu. Tout le Sinaï semblait couvert de saphir, aussi pur que le ciel (cf. Ex 24, 10).

Il laissa les anciens et entra une nouvelle fois dans l'intimité de Dieu, tandis que la nuée passa dans son dos et que la gloire de Dieu reposa sur la montagne. La voix de Dieu l'appela du milieu de la nuée et Moïse demeura sur le sommet de l'Horeb quarante jours et quarante nuits (cf. Ex 24, 15-18), recevant les instructions pour la construction du sanctuaire et pour ses ministres sacrés (cf. Ex 25, 31).

Comme dot du mariage, Dieu offre la loi à Israël. Cependant, la loi n'est pas imposée arbitrairement. Son but est de rendre Israël heureux (cf. Dt 10, 12).

Il est très significatif que lorsque Dieu donne les dix commandements à Israël, il proclame : *C'est moi, Adonaï ton Dieu, qui t'ai fait sortir du pays d'Egypte, de la maison de servitude* (Ex 20, 1). La loi vient d'un Dieu qui a libéré les siens de l'oppression à cause de son amour.

D'autre part, c'est à ceux qui ont fait l'expérience de l'action salvifique de leur Dieu que les tables de la loi sont données, parce qu'ils ont alors la liberté d'y répondre de tout leur coeur, de toute leur âme et de toutes leurs forces.

Il faut rajouter que la loi est offerte après la théophanie du Sinaï, pas avant. Ce qui signifie que ce n'est pas pour celui qui cherche Dieu, mais pour celui qui a déjà eu une rencontre avec lui. La loi sans théophanie n'aurait aucun sens, elle ne serait qu'une lettre qui tue.

Au retour, Moïse convoque le peuple et lui propose ce que Dieu veut. Tout le monde s'engage à lui obéir.

Tout ce qu'a dit Dieu, nous le mettrons en pratique et nous y obéirons (Ex 24, 7).

F- Le Dieu-Brouette

Le peuple était impatient et nerveux. Les uns commencèrent à se désespérer et les autres firent courir le bruit que Moïse ne reviendrait pas avec eux.

Le peuple, voyant que Moïse tardait à redescendre de la montagne, s'attroupa autour d'Aaron et lui dit : Allons ! Fais-nous un dieu qui marche à notre tête, car ce Moïse, l'homme qui nous a fait monter d'Egypte, nous ignorons ce qui lui est advenu (Ex 32, 1).

Moïse tardait à redescendre. Enfin il avait adapté son rythme de vie à l'heure de ce Dieu éternel qui n'est jamais pressé. Mais le peuple, anxieux, s'impatiente. Son leader a disparu depuis quarante jours et ne donne plus signe de vie ni de retour.

A ce point d'hésitation, le peuple fait une demande à Aaron : *Fais-nous un dieu qui marche à notre tête.* La grande tentation de l'homme, lorsque Dieu n'épouse pas son programme et ne marche pas au rythme de ses besoins, mais au contraire exerce sa plus grande liberté, est de se fabriquer un dieu en accord avec ses idées, oubliant que Dieu est le "Tout-Autre", au-delà de toute conception humaine.

Alors, il fabrique "le Dieu-Brouette". La brouette va devant l'ouvrier qui la suit fidèlement. Là où elle va, il va. Mais lequel guide l'autre ? Israël veut un Dieu-Brouette qui aille devant lui, mais au fond, il cherche un Dieu manipulable et portatif, pour pouvoir le transporter selon ses besoins les plus immédiats.

Aaron leur répondit : Otez les anneaux d'or qui pendent aux oreilles de vos femmes, de vos fils et de vos filles, et apportez-les moi. Tous ôtèrent donc les anneaux qu'ils avaient aux oreilles et les apportèrent à Aaron. Celui-ci, les ayant reçus de leurs mains, fit fondre le métal dans un moule et en coula une statue de veau. Alors ils s'écrièrent : Voici ton Dieu, Israël, celui qui t'a fait monter du pays d'Egypte (Ex 32, 2-4).

On fabrique des veaux d'or chaque fois que l'on tente de réduire la présence de Dieu à un lieu, de le lier à un objet ou d'attribuer des pouvoirs magiques à une médaille, à une prière. On se fait toujours un Dieu-Brouette quand on veut que Dieu se plie aux caprices de nos besoins personnels.

La différence entre Dieu et une idole, c'est que celle-ci est manipulable selon le libre-arbitre de l'homme, tandis que Dieu ne se laisse jamais manipuler ni enfermer dans une statue, une image ou un concept.

L'un des dix commandements de l'Alliance interdit justement que l'on fabrique des images du Dieu invisible[1] qui se cache derrière le feu de l'Horeb, car par ces images on tombe dans la tentation de posséder et d'enfermer la transcendance divine. Un Dieu manipulable et portatif n'est plus Dieu.

Dieu est patient et comprend la fragilité de l'homme, car il sait bien que nous sommes faits d'argile. Cependant, il ne supportera jamais qu'on ne le respecte pas, que l'on essaye de le manipuler ou de le remplacer par quelque chose. C'est pourquoi, dans le feu de sa jalousie divine, il ordonne à Moïse :

*Allons ! Redescends, car **ton** peuple, que **tu** as fait monter du pays d'Egypte, a prévariqué* (Ex 32, 7).

C'est impressionnant d'entendre que Dieu ne dit pas d'Israël qu'il est son peuple mais qu'il est celui de Moïse.[2] ***Ton** peuple, que **tu** as fait monter du pays d'Egypte, a prévariqué.* Il ne veut plus rien savoir de ce que vont devenir les fils des Patriarches. Il renonce aussi à ses relations du passé quand il affirme que ce n'est pas lui mais Moïse qui a fait sortir le peuple hébreu d'Egypte.

Il explique tout de suite le pourquoi de ce rejet.

Ils n'auront pas tardé à s'écarter de la voie que je leur avais prescrite ! Ils se sont fabriqué, en métal fondu, un veau devant lequel ils se sont prosternés. Ils lui ont offert des sacrifices et ils ont dit : Voici ton Dieu, Israël, qui t'a fait monter du pays d'Egypte (Ex 32, 8).

Moïse ne sait comment réagir devant la jalousie divine et affirme simplement ce qu'il sait déjà depuis longtemps en

1- Interdiction que l'on continue de prendre à la légère.

2- Selon l'Alliance qu'Il vient de faire, Israel est "son" peuple, parmi tous les peuples de la terre.

raison de sa douloureuse expérience : *Ce peuple est un peuple à la nuque raide* (Ex 32, 9). La situation l'a tellement surpris qu'il répond imprudemment, faisant remarquer justement une vérité oubliée. Mais, en fait, cela ne fit qu'alimenter le feu de Dieu en lui donnant raison. L'amour trahi ne veut rien savoir de ce peuple infidèle qui l'a si vite supplanté. Il brûle d'une juste colère et il est disposé à foudroyer cette génération idolâtre.

G- Une proposition tentante

Un silence de mort laisse entendre le vent furieux qui siffle dans les fentes des rochers. La nuée s'est faite plus épaisse et a obscurci la montagne sainte, qui jette des flammes comme des fleuves rouges-sang, criant vengeance. Dieu propose à Moïse la tentation la plus grande à laquelle aucun homme orgueilleux ou vaniteux n'aurait pu résister.

"Si tu me le permets, je vais en finir sur le champ avec eux, mais en échange je ferai de toi un grand peuple."

Laisse-moi, que je les détruise et que j'efface leur nom de dessous les cieux ; et que je fasse de toi une nation plus puissante et plus nombreuse que lui ! (Dt 9, 14).

"Tu seras le père d'un nouveau peuple, d'une meilleure matière première. Ils ne s'appelleront plus les Israélites (les fils d'Israël), mais les "moïsites". Ton nom sera honoré par toutes les générations... "

Moïse ne répond pas tout de suite. En un éclair, il se souvient que les Hébreux l'ont toujours rejeté, qu'ils n'ont jamais cessé de murmurer contre lui. Leur tentative de coup d'état et leur désir de le lapider remontent à sa mémoire.

Sa famille elle-même, Aaron, Myriam et tous les lévites, Coré en tête, s'étaient soulevés. Depuis qu'il marche devant eux s'est déchaînée une tourmente implacable de problèmes et de conflits. D'autre part, s'il continue avec ce peuple qui ne donne pas beaucoup d'espérance de changer, il sait qu'il reste encore quarante ans à errer dans ce désert ingrat.

Et qui plus est : après tant de difficultés, il n'entrera pas dans la terre promise. Il ne trempera pas les pieds dans les eaux fraîches qui descendent de l'Hermon dans le lit sinueux du Jourdain. Ses yeux ne se reposeront pas sur la joyeuse colline du Carmel. S'il reste avec les Israélites, il ne montera jamais sur les montagnes habitées par les Jébuséens[1] et ne pourra pas escalader les remparts de Jéricho. Il ne boira pas le fruit de la vigne ni l'eau du puits de Jacob, il ne se délectera pas aux parfums des cèdres du Liban.

Il se trouve donc devant l'occasion de refaire complètement sa vie, avec une garantie absolue, par une route beaucoup plus facile et plus courte : au lieu d'un jeûne de quarante ans, les pierres du désert pourraient devenir miraculeusement un pain suave, s'il cède à la proposition tentante de Dieu.

Alors, d'une voix forte, qui montre qu'il n'est pas disposé à discuter sa décision, il présente ses premiers arguments.

"Seigneur, commençons par le début."

Pourquoi, Seigneur, ta colère s'enflammerait-elle contre ***ton*** *peuple que* ***tu*** *as fait sortir d'Egypte par ton bras étendu et par ta main puissante ?* (Ex 32, 11).

Avec respect, mais non moins de clarté, Moïse rappelle à Dieu qu'Israël n'a aucune raison de cesser d'être son peuple et que ce n'est pas un homme qui l'a libéré d'Egypte, mais bien la puissance divine. Avec une logique irréprochable, il répond en demandant :

"Seigneur, quand ce peuple accomplit tes commandements, il est tien, mais quand il ne le fait pas, alors il est

1- Où, plus tard, sera construite la ville de Jérusalem.

mien ? Non, mon Dieu. Il t'appartient toujours. En ce qui me concerne, je veux qu'il soit bien clair qu'ils ne sont pas à moi et que je ne les ai pas fait sortir d'Egypte. Ils sont à toi, Seigneur. Tu viens de faire un pacte avec eux, et tu as déclaré solennellement qu'ils étaient ton peuple. Tu as appelé Abraham, tu as renouvelé ton alliance avec Isaac, et tu as choisi Jacob au lieu d'Esaü. C'est toi qui t'es souvenu de ton Alliance avec eux, et c'est toi qui as décidé de les libérer de l'esclavage. Souviens-toi, Seigneur, que moi, je ne voulais rien savoir de tout cela et combien je t'ai résisté."

Après avoir posé ces bases, situant le peuple comme propriété exclusivement divine, il continue :

"Seigneur, ils ont sûrement commis un grand péché, mais moi, je sais que tu es un Dieu qui sait pardonner. Ils ont été infidèles et méritent la mort, mais toi, tu es un Dieu riche en amour, qui pardonne l'iniquité et la révolte. Ta miséricorde est bien plus grande que n'importe quelle faute ou infidélité des hommes, n'est-ce pas ? Pourquoi, ô feu divin, veux-tu consumer le fragile buisson d'Israël ? Où donc vas-tu brûler et irradier ta lumière si tu n'as pas un buisson pour garder tes flammes éternelles ? Ta miséricorde se montre parfaite en ses faiblesses et ta puissance en ses limites. Si le buisson est détruit, ton feu s'éteindra... Alors, Seigneur, pardonne-leur. Tu ne peux pas te laisser vaincre par le mal, et ta fidélité ne peut pas dépendre de leur infidélité."

H- La dernière carte

Moïse va jouer sa dernière carte avec l'art d'un prestidigitateur, tentant le tout pour le tout, car il sait qu'il a déjà gagné.

Souviens-toi d'Abraham, d'Isaac et d'Israël, tes serviteurs à qui tu as déclaré, en jurant par toi-même : Je rendrai votre postérité aussi nombreuse que les étoiles du ciel, et tout ce pays dont j'ai parlé, je le donnerai à vos descendants et il sera à jamais leur héritage (Ex 32, 13).

Derrière cette parole se cache un argument très subtil où Moïse exige de Dieu qu'il reconsidère sérieusement son plan d'anéantissement, sinon il irait à l'encontre de ses promesses. D'abord, il lui rappelle qu'il a fait un serment solennel *par toi-même*, engageant sa parole divine et par là tout son être.

"Ce serment fut fait à Abraham, Isaac et Jacob, tes fidèles serviteurs. Ta promesse est que leur descendance héritera de la terre. Ainsi donc, Seigneur, si tu les détruis, en qui accompliras-tu ta promesse et qu'en sera-t-il de l'honneur de ta parole ?"

Dieu donne la réponse que Moïse espérait :

"En toi précisément, Moïse, car tu es le descendant des Patriarches, et ainsi ma promesse n'est pas caduque, même si nous allons recommencer... "

Alors Moïse sort la carte qu'il cachait jusque là sous la table, celle qui doit lui faire gagner la partie : *S'il te plaisait de pardonner leur péché (...) ! Sinon, efface-moi, de grâce, du livre que tu as écrit !* (Ex 32, 32).

"Si tu ne leur pardonnes pas, je ne suis plus ton ami... Cherche un autre ami intéressé par les gloires humaines. Moi, je préfère être exclu de ton livre plutôt que d'abandonner ce peuple dont je ne puis dire qu'il est à moi, puisque j'en fais partie. Ainsi donc, Seigneur, si tu ne veux toujours rien savoir d'eux, moi non plus je ne veux plus rien savoir de toi. Les titres et les privilèges ne m'intéressent aucunement, si tu ne les partages pas aussi avec eux. Si tu ne sais pas pardonner, je préfère mourir avec les pécheurs que vivre avec le souvenir de l'extermination des miens. Pardonne-moi, mais les souffrances et les épreuves nous ont unis et il n'y a plus rien qui puisse me séparer d'eux. Je n'ai plus aucune prétention de grandeur ni d'être accepté d'eux. Les gloires passagères de ce monde ne m'intéressent pas. J'ai vu la vanité de la réputation des puissants en Egypte et comment les hommes importants finissent réduits en momies embaumées et froides. Je n'ai aucun désir de cela pour moi... "

Certes, Moïse court un risque. Dieu peut jouer une carte inattendue et choisir Caleb ou un autre. Mais Moïse a abandonné tout son destin entre les mains de son Ami et c'est à lui qu'il laisse le dernier mot.

Et Dieu renonça à faire fondre sur son peuple le malheur dont il l'avait menacé (Ex 32, 14).

Il ne pouvait pas y avoir d'autre réponse divine. Ce Dieu clément et plein de compassion pardonne le péché de son peuple. Alors Moïse, au lieu de chanter victoire, retourne à toute vitesse au campement pour arranger tous les problèmes qui étaient restés en suspens au nom de la justice.

Lorsqu'il fut près du camp, il aperçut le veau et des choeurs de danse. Alors Moïse s'enflamma de colère (Ex 32, 19).

Il appela immédiatement Aaron et exigea des explications sur ce qui se passait, car c'était lui qui était resté responsable du peuple pendant son absence et qui avait sculpté le veau d'or. Aaron essaya d'adoucir les choses en disant :

"Certains pensèrent que tu étais mort en haut de la montagne. Coré était certain que, puisque Dieu t'avait refusé l'entrée en terre de Canaan, tu avais perdu courage et nous avais abandonnés. D'autres, se souvenant de ta fuite d'Egypte, étaient sûrs que tu ne reviendrais jamais. Même les lévites l'affirmèrent en disant que tu connaissais très bien ces régions alors que tu ne connaissais pas le chemin de la terre promise, et que pour cela tu nous avais laissés... "

Moïse restait silencieux. Ses yeux brillaient de fureur. Rien de tout cela ne justifiait l'idolâtrie du veau d'or qui osait supplanter le Dieu qui les avait fait sortir d'Egypte. Alors, Aaron continua à se disculper d'une manière très infantile.

Ils se dépouillèrent de leur or et me le remirent. Je le jetai au feu et il en sortit le veau que voici (Ex 32, 24).

Le grand-prêtre n'admet pas sa responsabilité. Il reporte la faute sur les autres qui lui ont donné leur or. Il se considère innocent. Son unique délit réside dans le fait d'avoir fondu l'or, et il ne reconnaît pas davantage. Le veau, comme par magie, s'est formé tout seul...

Nous comprenons difficilement qu'Aaron n'ait pas reçu du ciel un fort châtiment pour une faute aussi grave. Pourquoi le Dieu jaloux ne s'est-il pas fâché contre lui et ne l'a-t-il pas brûlé de son feu dévorant ? Pourquoi ne l'a-t-il pas destitué de sa fonction sacerdotale en exemple pour les générations futures ? C'est que Dieu n'agit pas selon les critères humains. Ses attitudes sont imprévisibles. Sa première loi n'est pas de punir les coupables, mais il est libre, souverainement libre pour agir selon sa volonté. Il est clair qu'il n'y eut pas de réprimande pour Aaron pour nous montrer que Dieu n'est pas un automate qui réagit toujours de la même manière.

Quand la punition n'est pas le meilleur remède au péché, il ne l'applique pas, et de cette manière il manifeste qu'il n'y a pas d'équation entre le péché et le châtiment, car Dieu est toujours *au-delà* du châtiment.

I- Il met en pièces les tables

Il jeta les tables qu'il tenait en mains et les mit en pièces au bas de la montagne (Ex 32, 19).

Il semble incompréhensible que celui qui a préparé avec tant de soin les tables de la loi et les a rédigées si scrupuleusement, quand il retourne vers les siens et se rend compte qu'ils ont prévariqué, jette par terre ces tables de pierre où sont ciselés les commandements reçus au sommet du Sinaï. Que signifie ce geste si paradoxal ?

Je crois que Moïse, le législateur, dans les sables mouvants des conjectures, a toujours vécu une certaine tension face à la loi et à tout genre de décret.

- D'abord, grâce à la transgression de l'ordre du pharaon, il échappa à la mort dans les eaux du Nil. L'obéissance au décret royal aurait entraîné sa mort.
- Il n'a certainement pas été circoncis selon la coutume la plus stricte des Hébreux.
- Au palais du pharaon, il n'a jamais observé les traditions de ses ancêtres.
- Il perçut l'injustice de la loi égyptienne qui opprimait ses frères hébreux.
- Il se maria avec une femme kushite et non avec une femme de son peuple.
- Volontairement, il ne circoncit pas son fils avant de s'y voir contraint.

Sa vie et son environnement furent jalonnés de violations de la loi. Pourtant, Dieu lui dicte un code qui doit être rigoureusement respecté. Il le sculpte dans une pierre dure afin qu'il ne puisse être ni effacé ni modifié. Mais en même temps, cette pierre est lourde et il y a le risque que personne ne soit capable de la porter (cf Ac 15, 10).

Au moment où Dieu conclut son Alliance avec son peuple, celui-ci s'engage à accomplir toutes les clauses divines, mais il tombe immédiatement dans l'idolâtrie... Avant même d'avoir scellé leur engagement de fidélité pour l'éternité, ils l'avaient déjà violé. C'est ce qui causa une énorme déception dans l'âme du législateur.

"A quoi cela sert-il que je leur fasse connaître la volonté divine, s'ils ne sont pas capables de l'accomplir ? Cette loi a-t-elle du sens si leurs coeurs ne sont pas transformés ? A quoi bon imposer des règles à ceux qui ne peuvent les observer ?
Les commandements écrits dans la pierre sont-ils efficaces s'ils ne sont pas auparavant écrits dans leurs coeurs ? Ont-ils besoin de pierres taillées ou bien d'un esprit nouveau qui leur fasse désirer le bien ? Faudra-t-il d'autres lois ou bien une force d'en-haut pour les accomplir ?"

Devant ces doutes, avalisés par l'infidélité d'Israël, il brise ces pierres sur les rochers du désert et réduit en miettes toute prescription extérieure à l'homme.

Il pressent le transitoire de la loi, ombre des réalités futures, qui ne peut pas changer la mentalité de l'homme. Il se rend compte de leur extrême limitation et rompt ces tables, qui avaient été d'abord brisées dans le coeur du peuple.

Une loi ne sert à rien si l'intérieur de l'homme est une meule qui détruit toute prescription et viole tout décret. C'est sans doute pour cela qu'il échoue et qu'il craque. Ce n'est pas la tête de ce peuple qui est dure, mais son coeur.

Moïse comprend que la porte d'entrée dans le peuple de Dieu n'est pas la circoncision physique mais la circoncision du coeur. C'est-à-dire que doit venir le jour où se scelle une nouvelle Alliance, qui soit inviolable. Cet engagement sera confirmé par la Loi de l'Esprit, écrite non sur les tables de pierre mais dans le coeur des hommes (cf Jr 31, 31-34).

En un mot, Moïse a dépassé les limites de la loi extérieure. Comme d'habitude, il est en train d'aller *au-delà*, en l'occurence *au-delà* de la loi.

12- LES CINQ DEMANDES DE MOÏSE

Moïse demanda beaucoup de choses à Dieu. Comme il était le médiateur, il présentait constamment les besoins du peuple, comme l'ami qui recourt en toute confiance à celui qui l'aide dans ses problèmes.

Nous avons choisi cinq de ces demandes de l'ami de Dieu. Chacune d'elles est pleine d'enseignements. A la fin, nous tirerons une conclusion générale très riche sur le comment et le pourquoi Dieu répond parfois affirmativement et parfois en modifiant ce qu'on lui demande ou en le refusant.

A- Révèle-moi tes voies

Si donc je jouis de ta faveur, daigne me révéler tes voies (Ex 33, 13).

Lui, homme du désert, tanné par l'ardent soleil de midi, qui sait supporter la froideur rigoureuse des nuits, qui connaît les secrets qui conduisent aux oasis cachées, qui circule sur les routes des caravanes et va même jusqu'à parler certains dialectes de la région, malgré tout cela il reconnaît pour lui la nécessité de découvrir non pas le chemin dans le désert, mais le moyen de comprendre les mystérieux desseins de Dieu, qui ne ressemblent pas à ceux des hommes.

L'ancien berger de moutons est en train d'apprendre une nouvelle fonction. C'est pourquoi il demande :

"Révèle-moi, Seigneur, tes voies. Montre-moi toi-même, ô Dieu, la route pour aujourd'hui. Enseigne-moi par où je dois marcher tout au long de ce jour.

Mais par-dessus tout, découvre-moi les secrets de ta volonté, fais-moi comprendre ta pensée illogique, et tes insondables desseins qui surpassent toute intelligence.

Révèle-moi les méthodes de ta mystérieuse façon d'agir, qui défie tout programme. Fais-moi comprendre qu'il ne s'agit plus pour moi de paître un troupeau docile, mais de conduire des personnes libres qui méritent le respect."

Moïse ne sait pas encore guider le peuple par les sentiers divins. Il lui faut trouver l'harmonie avec les critères divins qui n'ont rien à voir avec ceux du vieux berger de moutons qui se laissent manipuler.

Moïse avait l'habitude de guider un troupeau. C'est lui qui décidait à quelle heure sortir ou rentrer, et même comment faire la tonte. Il conduisait les moutons au pré qu'il voulait et ils ne s'opposaient jamais, même quand il les conduisait à l'abattoir, car ils respectent tous fidèlement la loi du troupeau.

Maintenant Moïse doit apprendre que les personnes ne sont pas des moutons, mais qu'elles jouissent d'une liberté et sont dotées d'une dignité humaine. Il doit valoriser et respecter la volonté de chacune, sans toutefois jamais perdre de vue le bien commun. Moïse reconnaît ses limites et demande à Dieu quel chemin il doit suivre.

Nous nous trompons lorsque nous pensons qu'un bon dirigeant est celui qui décide pour les autres. Le véritable leader est ouvert aux surprises du vent qui souffle comme il veut, c'est pourquoi il déclare : aujourd'hui nous allons demander au Seigneur par où nous devons continuer.

Moïse est un guide pour le peuple, parce qu'il est lui-même guidé par Dieu. Il est capable de donner la lumière aux autres parce qu'il a d'abord reçu la lumière de Dieu. Il peut devenir buisson ardent pour le peuple, parce qu'avant il a été immergé dans le feu qui jaillit du sommet de l'Horeb.

B- Viens avec nous sur la route[1]

Dieu ordonna à Moïse :

Va, quitte ce lieu, en compagnie de ce peuple que tu as fait monter du pays d'Egypte, monte vers le pays que j'ai promis par serment à Abraham, Isaac et Jacob (Ex 33, 1).

Monte suggère l'idée d'une entreprise difficile, parsemée d'obstacles comme escalader des murailles, conquérir des forteresses. Pourtant ce n'est pas cela qui retient l'attention de l'infatigable pasteur. Moïse, surpris par l'ordre divin, ne sait que répondre et préfère donc garder le silence. Frappé de stupeur, il laisse tomber son bâton de pèlerin et remue simplement la tête, donnant à entendre :

> "Non, Seigneur, ce n'est pas ce que tu m'as promis au buisson ardent. Quand je t'ai présenté mon incapacité à remplir cette tâche, toi tu t'es engagé à être toujours avec moi. Pourquoi me laisses-tu seul maintenant ? La chaleur du buisson se serait-elle attiédie et ton feu éteint ? S'il en est ainsi, à plus forte raison ne puis-je continuer... et sinon, alors pourquoi m'abandonnes-tu ? Qui donc va venir avec nous ?"

Le Seigneur, qui scrute les coeurs, ajoute :

J'enverrai un ange devant toi, j'expulserai les Cananéens, les Amorites, les Hittites, les Perizzites, les Hivvites et les Jébuséens (Ex 33, 2).

Dieu décide d'envoyer son délégué : un ange rempli de pouvoir pour réaliser la conquête de Canaan. Mais Moïse n'est pas non plus d'accord avec cela et répond :

> "Non, Seigneur, tu m'avais assuré que ce serait toi en personne qui viendrais avec nous. Nous n'acceptons ni

1- Abusant de la liberté de l'écrivain biblique qui fonda deux traditions différentes, je passerai de l'une à l'autre, en essayant de suivre un ordre logique.

remplaçant ni transfert de responsabilités. Viens toi-même avec nous, Seigneur. Personne ne peut te remplacer."

Alors Dieu explique le fond du problème :

Pour moi, je ne vous accompagnerai pas, - car vous êtes un peuple à la nuque raide, - pour n'avoir pas à vous exterminer en chemin (Ex 33, 3).

"J'ai pardonné le péché d'Israël, mais c'est fini, je n'irai pas parce que si j'y vais, le feu de ma jalousie brûlera, qui consume tout.
Il vaut mieux qu'aille mon ange, avec lui il n'y a ni danger ni menace. De plus, il a assez de pouvoir pour vous faire gagner toutes les batailles et conquérir toutes les forteresses. Avec lui, le succès est assuré et vous ne courez aucun risque..."

Alors Moïse expose en toute clarté son attitude, qu'il n'est disposé à changer pour aucun motif :

Si tu ne viens pas toi-même, ne nous fais pas quitter ce lieu (Ex 33, 15).

"Si tu ne nous accompagnes pas tout au long du trajet, nous refusons de partir."

Puis il ajouta :

"Regarde, Seigneur, peu importe cet ange[1] et ses victoires, ce qui importe est qui sera avec nous à l'heure de la bataille. L'important n'est pas de marcher mais avec qui nous faisons la route. C'est pourquoi, si toi-même en personne ne viens pas avec nous, nous ne ferons pas un pas de plus et nous établirons le camp près de cette montagne sainte où nous avons la garantie que tu habites."

1- Nous n'ignorons pas que dans certains cas l'ange de Dieu s'identifie avec Dieu lui-même (cf. Gn 16, 7), mais dans ce cas nous préférons marquer la distinction pour souligner la demande expresse faite par Moïse.

Moïse s'assit sur une pierre et continua :

"Nous préférons rester avec toi, bien que nous courions le risque de périr. Il vaut mieux rester sur ta montagne sainte avec toi, que conquérir la terre où ruissellent le lait et le miel. Merci pour ton ange victorieux, mais ses services ne nous intéressent pas. Il peut aller en vacances."

Moïse va à l'essentiel. L'important est avec qui l'on marche et que l'on arrive à temps ; non pas la conquête, mais avec qui partager le chemin. Moïse va *au-delà* des victoires : il veut que Dieu les accompagne tout au long de la route. Devant cette position si ferme, Dieu accède à la demande de son ami.

J'irai moi-même, et je te donnerai le repos (Ex 33, 14).

Il aurait été logique qu'après cette réponse si belle, Moïse soit plein d'enthousiasme, reprenne son bâton qu'il avait jeté par terre, lève le camp et se mette immédiatement en marche. Pourtant, les dents serrées, il dit :

"Regarde, Seigneur, tu sais que je suis maladroit pour parler et sans doute est-ce pour cela que je ne me suis pas bien fait comprendre. En premier lieu, je ne te demande ni repos ni tranquillité. Il ne me suffit pas non plus que tu viennes "avec moi", mais *avec nous* (Ex 33, 16). Israël et moi, nous sommes unis indissolublement, son sort est mon sort et ma vie est la sienne. Donc ce que tu fais pour moi, tu dois le faire aussi pour eux. Je ne te veux pas exclusivement pour moi. Tout le peuple a besoin de toi. Viens avec nous."

Moïse ne veut pas un Dieu qui l'accompagne personnellement, mais qui vienne avec tout le peuple. A partir de cela, une nuée pour le jour et une colonne de feu pour la nuit, témoigneront de la présence divine dans la marche vers la terre promise.

Cette façon de prier de Moïse nous fait découvrir la relation d'un ami avec son ami. La prière ne consiste pas à dire toujours "amen" à tout ce que le Seigneur propose, car il ne s'agit pas d'obligation arbitraire des caprices d'un tyran, mais d'une relation de confiance, établie sur le droit de discuter et de négocier pour fixer les orientations de la vie. Parfois, nous pouvons même arracher à Dieu ce qu'au début il nous a refusé, à la condition que nous discutions avec ses propres paroles, sans les sortir de leur contexte. Dans les discussions, les amis font toujours référence à la parole donnée, ce qui prouve que l'on croit en la personne.

C- Ne me charge plus jamais de ce peuple

*Considère aussi que cette nation est **ton** peuple* (Ex 33, 13).

Le berger de Madiân assimilait lentement les divers enseignements, mais ce qu'il avait appris, il ne l'oubliait jamais. Au Sinaï, Dieu avait été sur le point d'exterminer le peuple "de" Moïse, si celui-ci ne l'avait pas corrigé et ne lui avait pas redit que le peuple était propriété de Dieu et non d'un homme.

Le plus grand danger de mort pour Israël fut quand Dieu lui colla l'étiquette : "Propriété privée de Moïse". C'est pour cela que Moïse n'accepte pas cette responsabilité et demande à Dieu de ne plus jamais affirmer qu'Israël est à lui.

Serait-ce que Moïse n'aime pas le peuple d'Israël ? Au contraire : il comprend que si Dieu considère le peuple comme bien d'un homme, il est alors complètement vulnérable car à n'importe quel moment il peut être abandonné, rejeté et même détruit par la jalousie divine. Par contre, si le peuple appartient seulement à Dieu, Celui-ci ne détruira jamais ce qui est à lui, car il ne peut trahir aucune de ses promesses faites aux Patriarches.

Quand Abraham était déjà avancé en âge, Dieu lui demanda la preuve d'amour et de confiance la plus grande qui soit : le sacrifice de son premier-né qui avait déjà douze ans. A Moïse

Dieu ne demande pas son fils unique, Moïse lui-même le lui donne. Il renonce à son fils bien-aimé, son peuple, et le lui offre volontairement. Il s'en défait, même si cela lui fend le coeur. Il se souvient qu'au dernier moment, Dieu envoya un ange pour sauver Isaac, mais dans la situation présente, aucun être céleste n'interviendra pour rétracter son holocauste. Il sait que Dieu prend au sérieux son offrande et qu'il ne lui arrivera plus jamais de considérer Israël comme sa propriété. Il reconnaît qu'Israël n'est pas un objet dont on peut prendre possession. Le libérateur le laisse affranchi de la dernière chaîne qui le tenait : lui-même.

> "Israël, tu n'es pas à moi. Tu ne m'appartiens pas ni ne me dois rien. Tu n'as pas à me payer pour ce que j'ai sacrifié pour toi. Tu es libre de faire de moi ce que tu veux, je te décharge de toute dette. Tu n'es lié à moi par aucun intérêt ni aucun voeu, parce que je te veux libre, et même libre vis-à-vis de moi-même."

Voilà le sacrifice, non du mont Moriah (comme Abraham), mais du mont Horeb. Si auparavant il courut le risque d'être effacé du livre de vie, maintenant il se détache de ceux pour qui, précisément, il avait engagé toute sa vie. C'est cela l'acte de l'amour suprême de Moïse : aller *au-delà* de l'esprit de possession, pour permettre à Israël d'être totalement libre.

Il donne toute sa valeur au peuple et sait qu'il est un don de Dieu. Il lui manque, parce qu'il est devenu comme sa propre chair, mais il ne peut pas répondre pour lui. Israël est arrivé à l'âge de sa majorité.

> "Israël, tu es responsable de tes décisions. Tu as besoin de moi, mais tu ne peux pas dépendre de moi. Maintenant, tu as appris à marcher vers la terre promise et tu es responsable de tes actes comme de chacun des pas que tu fais."

Israël est libre vis-à-vis de Moïse. A la différence du pharaon qui voulait le posséder pour sa propre satisfaction,

Moïse transcende les droits de propriété et libère Israël, au prix d'un sacrifice. Moïse n'est pas jaloux car il aime, et parce qu'il aime, il laisse libre celui qu'il aime. Le vent du désert lui a enseigné que l'essence de l'amour est d'une part la liberté et d'autre part la responsabilité.[1]

L'attache et la possession nuisent à toute relation. L'amour a besoin d'air et de distance qui ne séparent pas mais entretiennent la liberté de communion. Il ne faut ni attacher ni retenir, mais simplement laisser en liberté : "Parce que je t'aime je te laisse être et être libre." Le véritable amour conduit toujours à la liberté, non à la possession.

D- Fais-moi voir ta gloire[2]

Fais-moi, de grâce, voir ta gloire (Ex 33, 18).

Quelque temps auparavant, Moïse avait fait une extraordinaire expérience du Dieu vivant dans le buisson ardent, et il accourait fréquemment à la Tente pour se retrouver avec lui, comme avec un ami. Son union et son intimité étaient si grandes que son visage brillait du reflet de la splendeur de la sainteté divine. Cette splendeur était si lumineuse que les Hébreux ne pouvaient pas regarder directement la face de *l'ami de Dieu*, et donc Moïse se couvrait le visage d'un voile. Son éclat était si intense qu'il rayonnait partout.

Personne, excepté lui, n'avait pénétré dans la nuée de la présence divine. Lui seul était monté au sommet du Sinaï pour parler avec Dieu. Il avait franchi les frontières du mystère et avait eu part à l'intimité du Seigneur comme un ami avec son ami. Pourtant, Moïse demande encore quelque chose de plus.

1- Nous retrouvons cette double idée dans le livre de Karol Wojtila : *Amour et responsabilité.*

2- La Gloire est la présence même de Dieu, qui va jusqu'à s'identifier avec lui (cf. Ex 24, 16).

"Montre-moi ton visage. Je veux voir ta gloire. Il ne me suffit pas d'entendre ta voix, j'ai besoin de te voir directement. Mais oui, enfin, révèle-toi sans mystère ni intermédiaire et laisse-toi rencontrer tel que tu es. Plus de lumières ni d'éclats. Submerge-moi dans tes flammes et fais-moi feu."

La demande de Moïse paraît très légitime et louable, mais elle contient une malice très subtile : il veut voir Dieu, en avoir une perception imagée, avec une forme, des couleurs et une perspective. Il veut enregistrer cette merveilleuse figure pour ne jamais l'oublier. Mais Dieu lui répondit :

Tu ne peux pas voir ma face, car l'homme ne peut me voir et demeurer en vie (Ex 33, 20).

"Non, Moïse. Ce serait ta mort. Si un jour tu crois me tenir et avoir une idée complète de moi, ce jour est celui de ta fin car alors tu ne voudras pas continuer de découvrir d'autres facettes de mon insondable mystère. Je ne peux pas davantage m'enfermer dans une image que toi tu ne peux me saisir par ton intelligence, car tu exploserais de façon mortelle."

Dieu accède à certaines demandes de Moïse, mais celle-ci, finalement, appartient à un autre registre. Il avait cédé quand il lui avait demandé d'accompagner tout Israël et non seulement lui-même. Il avait accepté de ne pas charger Moïse de son peuple. Cependant, il ne dépend jamais des demandes des hommes pour réaliser son plan. Dieu est complètement libre et c'est la première chose qu'il explique à Moïse.

Je ferai passer devant toi toute ma splendeur et prononcerai devant toi le nom d'Adonaï. J'ai compassion de qui je veux et j'ai pitié de qui bon me semble (Ex 33, 19).

"Tu vois, Moïse, moi je fais miséricorde et j'accorde ma grâce à qui je veux et quand je veux. On ne m'achète ni ne mérite ma faveur, je ne la donne pas même à celui qui me la demande, mais à celui à qui j'ai décidé librement de la partager. Je suis souverainement libre pour faire miséricorde à qui je veux, indépendamment de ses vertus ou de ses péchés. Rien ni personne ne peut gagner ma bienveillance, car je la manifeste selon ma souveraine volonté."

Dieu n'accède pas à la demande de son ami, mais par contre il lui fait contempler son amour plein de miséricorde et de compassion. Ce sont toute la tendresse et tout l'amour divin qui passent devant Moïse.

"Mais regarde, reste dans la fente du rocher pendant que passe ma gloire. Je te couvrirai de la paume de ma main, et quand je serai passé je retirerai ma main et tu pourras me voir de dos, mais pas de face." (cf. Ex 33, 22-23).

Voir Dieu de dos, cet anthropomorphisme signifie que Moïse se rendra compte du retrait de Dieu. Bien que parfois l'on ne découvre pas la présence divine, on se rend toujours compte de son absence, et de façon si intense que l'on peut s'écrier avec le psalmiste :

Dieu, toi mon Dieu, je te cherche, mon âme a soif de toi, après toi languit ma chair, terre sèche, altérée, sans eau (Ps 63, 2).

Quand la créature est brûlée par le feu céleste qui lui découvre ses limites, elle perçoit en même temps et de façon paradoxale, l'éloignement divin, sa transcendance et sa sainteté. Plus l'homme s'approche du soleil, plus il s'aveugle et cesse de le contempler à cause de l'excès de lumière qui l'empêche de voir.

E- Laisse-moi entrer dans la terre promise

Pour des raisons qui ne sont pas très connues, Dieu dit à Moïse qu'il ne pourrait pas entrer en Canaan. Nous savons qu'il s'agit d'un problème survenu à Mériba, mais nous ne connaissons pas la faute qui valut une telle décision. Certains pensent que c'est le fait que Moïse frappa deux fois le rocher pour qu'il en jaillisse de l'eau (cf. Dt 32, 51-52).

Une autre tradition lui attribue une certaine infidélité, un manque de foi, en un moment critique de l'itinéraire du peuple dans le désert, puisque Moïse fut incapable de manifester la sainteté divine quand cela était nécessaire : quand les espions revinrent chargés des informations diverses et variées à propos de la merveilleuse terre de Canaan, mais affolés par les terribles géants, Moïse consentit, avec le peuple, à retarder la conquête. Pour s'être attendri sur la peur de son peuple, il ne manifesta pas la puissance souveraine de son Dieu dont la sainteté révèle qu'il est Tout Autre et qu'aucun pouvoir humain ne peut arrêter ses plans.

La sainteté est l'attribut essentiel du Dieu de l'Horeb et révèle sa transcendance : Dieu est Autre, complètement différent de l'homme et de tout être créé. Il dépasse infiniment tout concept ou idée qui tentent de l'exprimer. C'est pourquoi, ne pas manifester sa sainteté est un très grave péché, car il nie son essence même. L'enfermer, le limiter, le définir, le conditionner, le réduire à une image, entraîne la plus grave de toutes les pénitences : l'interdiction d'entrer en terre promise.

La décision divine fut un coup très dur au coeur de Moïse. Cependant, il ne perdit jamais l'espoir que tôt ou tard son Ami révoquerait sa sentence et lui accorderait le rêve de sa vie : tremper ses pieds dans les eaux fraîches du Jourdain qui descendent des neiges de l'Hermon, et être enterré dans cette terre pour laquelle il a pérégriné avec foi et espérance pendant quarante ans. Il semblait bien juste que Dieu ne refuse pas cette joie à son ami de prédilection.

Moïse, quant à lui, ne perdait pas une occasion pour s'assurer que Dieu avait changé d'opinion et lui rappeler son plus grand désir. Avec la confiance sans limite d'un ami, il disait :

"Seigneur, je voudrais te demander quelque chose que tu sais déjà et que tu ne peux me refuser, parce que cela me colle à la peau. Je ne veux rien d'autre qu'entrer en Canaan. En échange, demande-moi ce que tu veux. Je suis disposé à payer le ticket d'entrée, à quelque prix que ce soit."

Ainsi, à tout moment, Moïse répétait inlassablement la même chose au Seigneur. Sa demande était devenue une obsession. Après l'installation en Transjordanie, depuis Bet-Péor (cf. Dt 3, 29), où seule la chaîne du Pisga les séparait de la terre promise, il poussa ce cri de désespoir :

"Seigneur, nous sommes déjà presque arrivés, et tu ne m'as pas répondu au sujet de mon entrée dans la terre que tu as promise à Abraham, Isaac et Jacob. Je ne peux pas m'empêcher de penser à la beauté du Carmel. Je ne peux concevoir de vivre sans contempler la montagne où les Jébuséens ont établi leur capitale.[1] Je veux m'étendre à l'ombre des palmiers de Jéricho, boire l'eau du puits de Jacob et planter ma tente à Sichem, là où Abraham campa sous les innombrables étoiles du firmament. Tu vois, Seigneur, c'est la seule chose à laquelle j'aspire. Tu ne peux pas me dire non. Que m'as-tu demandé que je ne t'aie donné ? J'ai renoncé à mon confort en l'échangeant contre les difficultés et les problèmes, pour la seule raison que je désirais ardemment entrer en cette terre. J'ai laissé ma tente de Madiân et je me suis converti en pèlerin, parce que tu m'as envoyé chercher ce peuple pour le conduire à la terre que tu as promise à nos pères... "

Mais Dieu, au lieu de s'émouvoir devant une supplication aussi légitime, répondit avec colère, mettant un "halte-là" à Moïse afin qu'il n'insiste plus jamais.

Assez ! Ne m'en parle plus ! (Dt 3, 26).

1- Le mont Sion, où David construira plus tard Jérusalem.

"Moïse, ce n'est pas parce que tu insisteras beaucoup que tu me feras changer d'opinion. C'est fait, j'ai pris ma décision, et je te demande de me respecter sans interférer dans mes plans. Ne profite pas de notre amitié pour essayer de m'arracher ce que je ne veux pas. Mes décisions ne se marchandent pas, et mes faveurs ne se méritent pas. Elles dépendent de ma souveraine volonté. Je t'en prie, ne me parle plus jamais de cela. Le chapitre est clos et je ne reviendrai en arrière pour aucun motif."

Une fois que Moïse fut au sommet du Pisga, les yeux mouillés d'émotion, retenant ses larmes, Dieu lui permit seulement de contempler de loin la terre que jamais il ne foulerait. Il prit plaisir à voir les palmiers de Jéricho bercés par le vent chaud qui soufflait de l'Orient, et il ne put s'empêcher de sourire quand il découvrit le capricieux Jourdain qui jouait dans les vallées pour aller mourir dans la Mer Morte. Il admira les sommets enneigés de l'Hermon et la joie du Carmel. Son regard se divertit dans les eaux du lac Kinnéreth et il réussit à distinguer les cèdres du Liban et la grande mer. Et puisqu'il ne s'introduirait jamais dans cette terre bénie, il la laissa entrer en lui, tout en entonant ce triste chant :

Si je t'oublie, que ma droite se dessèche, que ma langue s'attache à mon palais si je perds ton souvenir, si je ne te mets au sommet de ma joie ! (Ps 137, 5-6).

Conclusion : Sur les cinq demandes de Moïse, Dieu répondit positivement à trois seulement, il modifia la quatrième et refusa carrément la dernière. Voyons d'abord pourquoi il répondit affirmativement aux trois premières : parce que c'est son ami qui le lui demandait ? parce qu'elles lui plaisaient ? parce que Moïse le méritait ? Non, pas du tout. Cela ne dépendait pas de Moïse, mais de Dieu.

J'ai compassion de qui je veux et j'ai pitié de qui bon me semble (Ex 33, 19).

En d'autres termes, Dieu est libre d'attribuer ses bienfaits à qui il veut, influencé par aucun mérite ni par aucune demande de l'homme. Les dons divins ne s'achètent pas, ne s'acquièrent pas, mais sont des dons gratuits de la libéralité divine. Il n'y a pas d'autre raison. L'homme ne peut acquérir la faveur de Dieu. C'est lui qui l'accorde comme il veut.

L'une des demandes fut modifiée tout simplement parce que Moïse n'avait aucune idée de ce qu'il demandait. Il était totalement impossible de franchir le voile de l'intériorité divine. Mais cette fois, par pure condescendance, Dieu accorda autre chose en échange.

Mais pourquoi n'accéda-t-il pas à la dernière demande qui, dans un certain sens, était la plus désirée par son meilleur ami ? Pour la même raison que les précédentes, et précisément pour souligner que Dieu ne dépend pas des hommes, même pas de ses amis, de ses fidèles serviteurs, ni d'aucun de leurs mérites. Dieu donne sa grâce à qui il veut, quand il veut et comme il veut. Ici nous trouvons le secret de la prière de demande : tenir compte de la liberté de Dieu, qui accorde sa grâce indépendamment de notre prière ou de nos bonnes oeuvres. Comprendre cela modifie notre façon de prier et de demander.

Les angoisses intérieures disparaîtront et l'on ne fera plus de chantage à Dieu pour acheter son agrément. Et enfin, on saura que Dieu a répondu exactement à ce qu'il a voulu, en accord avec sa souveraine volonté, parce qu'il est au-delà de toutes nos demandes.

13- L'ÉQUIPE DE MOÏSE, MAIS...

L'une des plus fréquentes tentations des dirigeants est le complexe messianique : se croire irremplaçable, tomber dans l'autosuffisance qui conduit à l'isolement. Ainsi, le grand tourment des dictateurs est le prix de solitude qu'ils doivent payer. Ils décident seuls, comme s'ils étaient absolument indispensables et les autres les considèrent au-dessus de la frontière de l'amitié. Ils ne peuvent pas avoir d'amis car l'amitié ne se partage qu'entre égaux.

Moïse ne travaillait pas seul. Il avait une équipe de collaborateurs qui l'aidaient et partageaient les différentes charges du peuple. Voyons-en quelques-unes parmi les plus importantes.

A- Aaron : sa bouche[1]

Souvenons-nous que cet éloquent prince du palais du pharaon devint bègue à cause de son insécurité. Aaron, son porte-voix, le remplaça précisément dans cette carence.

Vois, je fais de toi un dieu pour Pharaon, et Aaron, ton frère, sera ton prophète. Toi, tu lui diras tout ce que je te prescrirai, et Aaron, ton frère, le répétera à Pharaon (Ex 7, 1-2).

D'un autre côté, Moïse délègue à Aaron le très délicat ministère sacerdotal. S'il y avait quelque chose que pouvait convoiter un oriental, c'était bien de se trouver au sommet de la hiérarchie religieuse. Mais Moïse y renonce et, par mandat divin, remet cela à son frère Aaron. Il ne s'accapare pas le ministère le plus honorable, mais il le laisse à un autre afin de remplir le rôle que Dieu lui a confié.

B- Hobab : ses yeux

Moïse n'a jamais parlé avec tant de reconnaissance à quelqu'un d'autre qu'à ce madianite.*Ne nous abandonne pas.*

1- Dans la tradition sacerdotale, Aaron est inséparable de Moïse. L'oeuvre de libération leur appartient à tous les deux. Ils sont toujours ensemble et leurs ministères sont complémentaires.

Car tu connais les lieux où nous devons camper dans le désert, et ainsi tu seras nos yeux (Nb 10, 31).

Moïse avait déjà vécu quarante ans dans le désert de Madiân, mais il n'y était pas né. Après tant de temps, il se considérait encore comme un étranger dans ces immenses paysages inhabités. Tant d'années n'avaient pas été suffisantes pour percer les mystères de la région.

C'est pourquoi, tout au long du chemin, il sut s'appuyer sur Hobab, qui était madianite de naissance, buriné par le soleil, rompu à l'aridité et dont le sens d'orientation était extraordinaire. Il ne connaissait pas seulement toutes les routes, mais aussi chaque peuple et ses coutumes, sa culture et sa religion. Il était donc vraiment indispensable pour la traversée. Moïse lui fait sentir qu'on a besoin de lui, quand il confesse qu'il le faut pour le parcours. Il reconnaît qu'il n'est pas capable de tout faire. Il devait conduire le peuple à la terre promise, non pas tant parce qu'il connaissait parfaitement le chemin, mais parce qu'il les encourageait et les stimulait pour aller toujours de l'avant. Mais Hobab était celui qui décidait de la route à prendre et des horaires des trajets.

Cela, au lieu de diminuer l'autorité de Moïse, faisait que tous le considéraient plus proche d'eux et non comme un superman infaillible et autosuffisant.Si Aaron était la bouche de Moïse, Hobab était précisément les yeux du libérateur.[1]

C- Aaron et Hur : son appui

Les Amalécites survinrent et attaquèrent Israël à Rephidim (Ex 17, 8).

Les descendants d'Amaleq, sans aucune raison justifiable, attaquèrent les fugitifs fatigués qui se dirigeaient vers la

1- Aujourd'hui encore on appelle le chef d'une caravane : les yeux de la caravane.

montagne de Dieu. Sans préavis, ils déclarèrent la guerre. Israël ne représentait aucune menace pour eux. C'était tout juste un groupe informel de nomades sans défense qui n'avaient rien fait pour qu'on les attaque. Qui plus est, ils avaient campé à Rephidim, loin du territoire des Amalécites.[1]

Moïse dit alors à Josué : Choisis-toi des hommes et, demain matin, sors combattre Amaleq. Moi, je me tiendrai sur le sommet de la colline, le bâton de Dieu à la main. Josué se conforma aux instructions de Moïse et sortit pour combattre Amaleq. Moïse, Aaron et Hur étaient montés sur le sommet de la colline (Ex 17, 9-10).

Moïse, surpris par cette injuste agression, déploie un double plan de bataille : d'un côté il envoie Josué avec quelques hommes sélectionnés pour se battre, tandis que de l'autre il monte sur la colline.

Remarquons bien que Moïse va sur la montagne le bâton à la main. Attaché au signe de la promesse divine, il s'appuie, non sur ses mérites ou ses bonnes oeuvres, ni même sur sa prière, mais seulement sur la parole du Dieu de l'Horeb. Quand Dieu, du haut du ciel, regardait prier Moïse, la première chose qu'il voyait était son bâton que lui-même lui avait donné comme preuve de sa fidélité, et qui lui rappelait toutes les promesses qu'il avait faites à son fidèle serviteur. Il aurait été très compromettant de ne pas s'occuper d'une telle prière.

"Seigneur, tu as fait une promesse à ton peuple, aie pitié de nous. Nous ne les avons pas provoqués et nous n'avons pas envahi leur territoire. Nous respectons ses troupeaux et nous n'avons même pas bu l'eau de leurs puits.

D'autre part, Seigneur, nous n'avons ni armée ni armes comme eux. Si tu ne viens pas à notre secours, ils vont en

1- Les fils d'Amaleq étaient un peuple très ancien (cf. Nb 24, 20), descendants d'Esaü (cf. Gn 36, 12-16), et donc frères des fils de Jacob-Israël. Ils vivaient dans le Néguev, sur la montagne de Séïr, près de Jorma.

terminer avec ton peuple... Nous, nous dépendons uniquement de ce que tu tiens tes promesses en raison de ta fidélité."

Moïse prie avec une confiance pleine d'espérance, car il a dans ses mains la promesse divine. La victoire ne vient pas de sa prière mais du fait de recourir à la parole donnée par son Ami fidèle.

Or, tant que Moïse tenait ses bras levés, Israël était le plus fort. Quand il les laissait retomber, Amaleq avait l'avantage (Ex 17, 11).

Tant que Moïse persévérait dans la prière, les Israélites gagnaient la guerre. Mais quand il était fatigué et baissait les bras pour se reposer, les Amalécites dominaient le peuple de Dieu. La balance de la victoire penchait d'un côté ou de l'autre en fonction de la persévérance de l'intercesseur.

Comme les bras de Moïse étaient engourdis, ils prirent une pierre et la disposèrent sous lui. Il s'assit dessus tandis qu'Aaron et Hur lui soutenaient les bras, l'un d'un côté, l'autre de l'autre (Ex 17, 12).

Les collaborateurs de Moïse s'étaient approchés de lui : Aaron et Hur le soutenaient afin qu'il puisse continuer de prier et ainsi de gagner la bataille. Ils auraient pu attacher des cordes à quelque branche de tamaris pour maintenir les mains de Moïse levées, mais ils ne le firent pas. Ils s'engagèrent personnellement et lui assurèrent leur soutien tout le temps qui fut nécessaire.

Ainsi les bras de Moïse ne fléchirent plus jusqu'au coucher du soleil. Josué décima Amaleq et ses gens par le fil de l'épée (Ex 17, 12-13).

Remarquons que la guerre fut menée sur deux fronts : aussi bien sur le champ de bataille, avec les lances et les arcs, que sur le sommet de la montagne. Tout le peuple ne prit pas les armes pour combattre ni ne monta en haut pour prier. Ceci nous apprend qu'il faut livrer le combat sur les deux flancs. Il ne suffit pas de prier, mais la prière est nécessaire. Il ne suffit pas non plus de lutter, car le succès ne dépend pas seulement de l'armée. Les deux fronts sont chacune des parties d'une pince qui permettent d'obtenir la victoire.

L'enseignement présente quatre intérêts :

- Il peut arriver que nous soyons attaqués innocemment par nos frères, les Amalécites qui, sans aucun motif ni avertissement, nous déclarent la guerre. Bien que nous ne sachions pas pourquoi, le fait est que cela arrive souvent lorsque nous avançons vers la montagne sainte de Dieu. Cela fait partie du prix à payer.

- Prier le bâton à la main. Non par nos mérites mais attachés à la promesse du salut de notre Seigneur.

- Moïse ne pouvait pas persévérer tout seul dans la prière. Il eut besoin des autres. Un dirigeant, aussi grand soit-il, ou plutôt plus sa responsabilité est grande, plus il a besoin de compagnons qui le soutiennent dans sa vie de prière, car il court le risque de se perdre dans le labyrinthe de l'activisme. Ou alors, lassé de sa responsabilité, il baisse les bras devant n'importe quelle tentation. Un leader ne peut même pas prier seul. Il lui faut une communauté sur laquelle il puisse s'appuyer.

- Moïse n'était pas au front dans le combat, à la tête des troupes d'Israël, mais là où l'on gagne la guerre. Son poste n'est pas au milieu du champ de bataille mais là où se fait la connexion avec la puissance divine. Si Moïse avait pris l'épée, Israël aurait succombé devant les Amalécites, car la victoire ne réside pas dans le nombre de soldats mais dans la force qui vient du ciel (cf. 1 M 3, 19). La place d'un dirigeant de communauté est près de Celui qui donne la victoire.

D- Jéthro : son conseiller[1]

Son beau-père était prêtre de Madiân. Il n'appartenait pas à la "véritable religion", et cependant il fut le grand conseiller du législateur qui mit en place les bases du plus pur Yahvisme.

La vérité est vérité, quelle que soit son origine. Moïse n'était pas arrêté à ne recevoir des instructions que directement de Dieu seul. Il ne rejetait pas les autres sous prétexte qu'elles provenaient d'un prêtre païen d'un culte différent. Il avait une attitude franchement oecuménique : il allait *au-delà* de ce qu'il considérait sa religion, pour embrasser la vérité en quelque camp où elle fleurisse.

Moïse, qui avait parlé face à face avec Dieu et était dépositaire des confidences divines, ne prétendit jamais posséder toute la vérité révélée et encore moins n'osa se dire infaillible. Au contraire, il était ouvert pour cueillir les fruits de la vérité *au-delà* de sa seule religion. Il savait que le Semeur divin avait éparpillé les graines de la vérité aussi bien sur la bonne terre, sur les chemins, dans les ronces et sur les pierres, dépassant tout schéma théologique et sans tenir compte des limites d'aucune religion.

Jéthro était un ancien. Les rides qui sillonnaient son front étaient une garantie de sagesse et d'intelligence. Ses petits yeux enfoncés étaient capables d'observer les plus petits détails pour pénétrer dans la profondeur de la réalité des choses et des événements.

Jéthro, prêtre de Madiân, beau-père de Moïse, entendit raconter tout ce que Dieu avait fait en faveur de Moïse et d'Israël, son peuple : que Dieu avait fait sortir Israël d'Egypte. Alors Jéthro, beau-père de Moïse, emmena Cippora, l'épouse de Moïse (après qu'elle eut été congédiée), ainsi que ses deux fils (Ex 18, 1-3).

1- Parfois on l'appelle aussi *Réuel* (cf. Ex 2, 18), ou *Hobab* (cf. Jg 1, 16 ; 4, 11).

Jéthro apprit que son gendre revenait par ces régions avec un peuple nombreux, et se prépara à le rencontrer. Pour cela, il prit avec lui sa fille Cippora et ses deux petits-fils, Guershom et Eliézer, qui vivaient avec lui sous la tente.

Il ne lui fut pas nécessaire de marcher longtemps pour découvrir le campement des Hébreux qui avaient planté leurs tentes devant l'oasis de la région. Comme il s'approchait, Moïse lui-même sortit à sa rencontre. Après les traditionnelles salutations et les inévitables politesses réciproques, il lui expliqua la raison de cette visite-surprise.

Voici ton beau-père Jéthro qui vient te rendre visite, avec ta femme et ses deux fils (Ex 18, 6).

"D'abord, je t'amène ta femme. Tu étais si pressé d'accomplir ta mission de libération que tu l'as oubliée dans ma tente. Je te la rends avec les fils que tu lui as engendrés. Ils sont à toi. Ce n'est pas bien de les abandonner comme arrhes de la libération de tout un peuple. Moi, je ne peux prendre une responsabilité qui est la tienne."

Aucune mission nouvelle, pour noble et urgente qu'elle soit, ne nous exempt des engagements pris antérieurement.

Le lendemain, Moïse siégea pour rendre la justice au peuple, et la foule, debout, se tint auprès de lui du matin jusqu'au soir. Le beau-père de Moïse, témoin du labeur écrasant qu'il imposait pour le peuple lui dit... (Ex 18, 13-14).

Jéthro s'aperçut que son gendre était chargé d'un travail excessif. Il s'agissait d'une responsabilité que Dieu ne lui demandait pas ni que le peuple n'exigeait de lui, mais que Moïse s'était imposée lui-même. Il avait voulu porter un poids qui ne lui revenait pas.

A la vue de tout le peuple, Moïse paraissait très travailleur et très donné, mais au fond il envahissait le terrain des autres. Jéthro le questionna sérieusement.

"Comment t'y prends-tu pour traiter les affaires du peuple ? Pourquoi sièges-tu seul, alors que tout le peuple se presse autour de toi du matin jusqu'au soir ?"

Moïse répondit à son beau-père :

"C'est que les gens viennent à moi pour consulter Dieu. Lorsqu'ils ont un litige, ils viennent à moi. Je tranche alors le différend qui les oppose et je leur enseigne les lois de Dieu et ses décisions." (cf. Ex 18, 14-16).

Jéthro se rendit compte de l'immense charge qui pesait sur les épaules de son gendre. Depuis l'aube jusqu'à très tard le soir, il jugeait les cas de disputes et de conflits de tout le peuple. Chaque jour, il se levait plus tôt pour faire avancer les cas en suspens. Alors, Jéthro s'approcha et lui dit à voix basse :

Tu t'y prends mal ! A coup sûr tu t'épuiseras, et aussi ces gens qui sont avec toi. La tâche excède tes forces : tu ne saurais la mener seul à bien (Ex 18, 17-18).

"Tu vas t'épuiser, mais surtout tu vas fatiguer le peuple. Ils doivent attendre longtemps avec leurs problèmes avant que tu puisses les recevoir. Tu es en train de faire un travail au-dessus de tes forces. Ce n'est pas à toi de faire tout cela, et le pire c'est que tu es en train de manquer à ce que tu es le seul à pouvoir réaliser."

Cet ancien, qui marchait toujours lentement parce qu'il savait où il allait, ajouta d'une voix tranquille :

Ecoute donc le conseil que je vais te donner, afin que Dieu t'assiste. Emploie-toi personnellement pour le peuple devant Dieu, et porte-lui leurs litiges. Instruis-les des lois et des décisions ; fais-leur connaître la voie à suivre et la conduite à tenir (Ex 18, 19-20).

Moïse doit prendre les fardeaux des hommes et les présenter à Dieu. Mais en même temps, il doit représenter Dieu devant les hommes et manifester le plan divin à la communauté d'Israël. Son rôle est de conduire le peuple à Dieu et de rendre Dieu présent au milieu des siens. Moïse est toujours au milieu. Il est juste qu'il soit le seul homme, mis à part Jésus, que l'on appelle intercesseur.

Inconsciemment, il était tombé dans un piège : pour réaliser le travail que d'autres pouvaient faire, il avait négligé celui que personne, sinon lui, n'était appelé à mener à bien.

Jéthro met d'abord le doigt sur la plaie, mais ensuite offre le remède. Il ne se contente pas de critiquer ce qui est mal, mais il offre une lampe pour avancer. L'homme intelligent sait découvrir le problème, mais seul le sage trouve la solution.

E- Soixante-dix juges : ses collaborateurs

Jéthro découvre à Moïse la loi de la subsidiarité pour partager poids et responsabilités en vue d'un travail plus efficace.

Mais choisis-toi, parmi tout le peuple, des hommes capables, craignant Dieu, des hommes sûrs, incorruptibles, et fais-en des chefs du peuple : chefs de milliers, chefs de centaines, chefs de cinquantaines et chefs de dizaines. Ils seront en tout temps à la disposition du peuple pour rendre la justice. Ils te déféreront toutes les causes difficiles et arbitreront eux-mêmes les cas de moindre importance. Allège ainsi ta charge qu'ils porteront avec toi. Si tu agis ainsi - et que Dieu te l'enjoigne - tu pourras suffir à la tâche, et tous ces gens-là, de leur côté, regagneront en paix leurs demeures. Moïse suivit le conseil de son beau-père et fit tout ce qu'il avait dit : il fit choix, parmi tous les Israélites, d'hommes capables, et il en fit des chefs du peuple : chefs de milliers, chefs de centaines, chefs de cinquantaines et chefs de dizaines. Ils étaient tout le temps à la disposition du peuple pour rendre la justice. Ils déféraient à Moïse les causes difficiles et arbitraient eux-mêmes les cas de moindre importance (Ex 18, 21-26).

Ici nous voyons quatre critères pour choisir les serviteurs d'une communauté ou d'une association.

- La capacité : qu'ils réalisent leur tâche avec efficacité. Il n'est pas nécessaire qu'ils parlent bien, mais qu'ils fassent bien les choses. Responsables, qu'ils sachent terminer ce qu'ils ont commencé et rendent compte des talents qui leur ont été confiés.

- Le respect de Dieu : qu'ils ne se substituent pas au Seigneur, mais qu'ils le représentent, car ils participent de son autorité et doivent en premier lieu être eux-mêmes soumis à Dieu avec respect, conscients qu'un jour on leur demandera compte de l'usage qu'ils auront fait de cette autorité, reçue pour servir et non pour être servis.

- La fidélité : cela veut dire premièrement qu'ils soient des personnes de foi. Non seulement qu'ils croient en Dieu, mais aussi qu'ils croient Dieu. Deuxièmement, qu'ils soient pleinement conscients de la mission qu'on leur a confiée. Finalement, qu'ils mettent en valeur la dignité de chaque personne comme celle du peuple en général.

- L'incorruptibilité : qu'ils n'aient pas de préférences pour les plus puissants ou les privilégiés de ce monde, ni ne vendent la justice pour de l'argent. Qu'ils ne reçoivent pas de pots-de-vin ni ne profitent de leur charge pour en tirer des avantages personnels. Qu'ils n'essaient pas de gravir les échelons de l'autorité ou de la hiérarchie par des injustices, des mensonges ou des actes d'auto-promotion.

Puis Moïse laissa partir son beau-père, qui reprit le chemin de son pays (Ex 18, 27).

Jéthro enseigne par son exemple. Après avoir donné son conseil, il se retire et ne se montrera plus jamais. Il a rempli son rôle et se met de côté pour ne pas opacifier celui de Moïse. Lui, le sage ancien, a communiqué la vision et laisse aux autres le soin de la concrétiser dans la réalité de la vie.

F- Josué : son assistant

Josué, fils de Nûn, qui depuis sa jeunesse servait Moïse... (Nb 11, 28).

Josué était au service de Moïse depuis son plus jeune âge. Il avait grandi en sa compagnie et avait appris à connaître le caractère et l'esprit de décision de son maître. Moïse, sachant qu'un jour on le remplacerait, avait sérieusement préparé son disciple pour qu'il puisse continuer l'oeuvre d'introduction et d'installation du peuple en terre de Canaan, de telle manière qu'il devint son aide par excellence (cf. Ex 24, 13). Bien qu'il paraisse évident que le choix de Josué comme successeur de Moïse ait été une élection divine (cf. Nb 27, 18-23), il y a un détail mentionné dans l'Ecriture qu'il faut bien considérer.

Son serviteur Josué, fils de Nûn, un jeune homme, ne quittait pas l'intérieur de la Tente (Ex 33, 11).

Cependant, nous ne devons pas oublier la grave erreur commise par le jeune Josué, inexpérimenté, qui est la même que celle de presque tous les nouveaux dirigeants au début de leur service : la jalousie et l'envie qui apparaissent quand Moïse partage son esprit avec les soixante-dix anciens.

G- Soixante-dix anciens et Eldad et Médad

Conscient de ses limites, Moïse réunit soixante-dix anciens du peuple et les place autour de la Tente pour partager avec eux la responsabilité du peuple de Dieu.

La Tente, *mo'ed* en hébreu, n'était pas le lieu de résidence de la divinité mais simplement le point de rencontre entre Dieu et son serviteur Moïse (cf. Ex 29, 42-43). Elle était plantée à bonne distance en dehors du camp (cf. Ex 33, 7), pour être loin de toute distraction et de l'agitation de la vie. Il fallait s'échapper assez loin des problèmes de la vie quotidienne pour se retrouver seul avec le Dieu du désert, dans l'intimité. De sorte que *quiconque avait à consulter Dieu devait sortir pour gagner la Tente de Réunion dressée hors du camp* (Ex 33, 7).

Dieu descendit dans la nuée. Il lui parla, mais prit de l'esprit qui reposait sur lui pour le mettre sur les soixante-dix anciens. Quand l'Esprit reposa sur eux, ils prophétisèrent (Nb 11, 25).

Il est très important de noter que le texte biblique affirme que Dieu prit de l'esprit qui reposait sur Moïse pour le donner aux anciens. Moïse ne fut pas jaloux de son don et n'en revendiqua pas l'exclusivité. Au contraire, il le partagea... de la même manière qu'autrefois le buisson ardent l'avait fait participant du feu divin, sans que le buisson s'éteigne. Moïse ne fut pas jaloux du don de Dieu et c'est pourquoi sa fécondité se multiplia par soixante-dix. Au moment où il leur donna ce qu'il avait, ces hommes commencèrent à prophétiser, mus par l'Esprit.

Les surprises de l'Esprit

Deux hommes étaient restés au camp : l'un s'appelait Eldad et l'autre Médad. L'esprit reposa sur eux ; bien que n'étant pas venus à la Tente, ils comptaient parmi les inscrits. Ils se mirent à prophétiser dans le camp (Nb 11, 26).

Eldad et Médad, qui n'étaient pas dans le lieu saint, furent rejoints par l'Esprit et commencèrent à prophétiser au milieu du camp. Sans être dans le recueillement nécessaire ni avoir assisté à la retraite de préparation à l'effusion de l'Esprit, ils avaient reçu le même don que les autres.

Josué, qui s'était donné lui-même le rôle de maître de cérémonie scrupuleux, vit que les choses ne se passaient pas selon les rigueurs de son droit canonique, et réagit de façon décidée pour préserver "les droits divins". Pour lui, Dieu était exclusivement lié à la Tente de Réunion, lieu autorisé pour les manifestations divines. Il avait enfermé le Créateur du ciel et de la terre dans les peaux de chèvre et sous les pieux qui les soutenaient. Il pensait que tout ce qui ne sortirait pas de cette cathédrale, serait soumis au soupçon de l'inquisition, et qu'il fallait faire taire toute autre manifestation car elle serait douteuse. Avec toute l'influence qu'il avait sur Moïse, il lui demanda d'interdire à ces deux hommes l'exercice de leur charisme.

Moïse savait bien que même si Dieu se manifestait dans une Tente, il n'était attaché ni aux lieux, ni aux temps ni aux personnes, mais qu'il agissait librement selon sa volonté. C'est pourquoi tout dirigeant de communauté doit apprendre parfaitement son attitude.

> "Josué, s'ils ne sont pas avec nous, cela ne signifie pas qu'ils n'aient pas l'esprit du Dieu de l'Horeb. Qui sommes-nous, toi et moi, pour emprisonner Dieu dans une tente ? Lui, il peut se révéler où il veut, et comme il veut, car il est souverainement libre. Dieu est capable de se manifester *au-delà* de la Tente.
> Nous n'avons pas l'exclusivité de l'esprit divin, car il ne se laisse jamais posséder. Au contraire, quand l'un ou l'autre veut l'enfermer, il fuit et se manifeste au-delà de nos structures limitées."

Il avait plu à Dieu de se manifester au milieu de l'agitation des occupations du camp, où les hommes étaient en train de travailler, les enfants de jouer et les femmes à leurs affaires. Dieu n'a pas voulu être lié à un lieu particulier et décida d'aller *au-delà* de la Tente. Le Dieu créateur de tout l'univers s'était senti asphyxié par l'odeur de la cire brûlée et décida d'aller se promener là où se trouvaient ses amis les hommes. Il rencontra Eldad et Médad qui ne priaient pas mais se trouvaient dans le camp, c'est-à-dire dans les tâches quotidiennes de la vie, remplissant leurs devoirs familiaux et servant la communauté.

Dieu aime nous surprendre par les imprévus, pour que nous ne le rendions pas dépendant ni d'un lieu ni d'un calendrier. Dieu rejette toute étiquette d'exclusivité qui limite sa liberté, et désormais nous voyons que nous ne le rencontrerons ni sur une montagne ni dans un temple, mais en esprit et en vérité.

Moïse n'a pas connu Dieu dans une tente ni entre les murs d'un temple construit de mains d'hommes, c'est pourquoi il lui était facile de comprendre la liberté divine. Le danger vient de ce que celui qui l'a connu dans une tente, réduit la présence de Dieu à ce lieu même. Mais le pire, et le plus fréquent, est que sans même l'avoir connu dans la tente, on le fait précisément dépendre de ce lieu. Moïse répond à Josué et à tous ceux qui prétendent limiter la liberté divine :

> "Je donnerais tout pour que non seulement les anciens et Eldad et Médad, mais le peuple tout entier soit prophète, et parle sous la mouvance de l'Esprit. Je donnerais tout pour que nous n'ayons pas besoin de venir dans une tente pour rencontrer Dieu mais que nous le trouvions dans le sanctuaire de notre être même. Je donnerais tout pour que tout le camp soit une Tente de Réunion, et que la création entière soit remplie de l'Esprit, comme les eaux couvrent la mer... Je donnerais tout pour que, dans la terre que nous allons conquérir, l'on ne construise aucun temple, car toute la terre serait pleine de la présence du Dieu vivant, qui n'essaie pas de nous sortir de nos travaux quotidiens, car lui-même est venu planté sa tente au milieu de notre camp... "

L'attitude de Moïse est totalement opposée à la vue myope de Josué. Ici, nous voyons la grande différence entre un leader qui débute et un autre plus mûr : le premier enferme l'action de Dieu dans sa tente. L'autre sait et attend que Dieu agisse *au-delà* de toute tente.

En vérité Josué était jaloux du don d'Eldad et de Médad. Il lui fallait ouvrir son jugement, élargir la tente de son entendement et rendre son coeur moins exclusif. La caractéristique la plus importante d'un leader est la vision. Plus elle est ample et profonde, mieux il dirige la communauté.

Elargis l'espace de ta tente, déploie tes tentures sans contrainte, allonge tes cordages, renforce tes pieux (Is 54, 2).

Tout dirigeant a besoin d'une vision large, oecuménique, qui l'ouvre à reconnaître le don de Dieu en d'autres domaines, au-delà de ses conceptions limitées. Nous devons élargir la tente, laissant les limites et les barrières qui veulent enfermer le Tout-Puissant. Agrandir la tente de nos jugements, de nos prétextes, et même de notre religion. Cela signifie ne pas mettre de limite au pouvoir de Dieu ni conditionner son oeuvre de salut. C'est cela notre grand défi : aller *au-delà* de notre étroite tente, supprimer les frontières, détruire les murs et étendre à l'infini la bâche de nos idées et de nos concepts.

Malheureusement, beaucoup pensent que Dieu ne se manifeste que sous leur petite tente, et condamnent celui qui parle au nom de Dieu pour la seule raison qu'il n'était pas inscrit dans leur structure où ils ont, eux, fait l'expérience du Dieu transcendant.

Evidemment Dieu peut se révéler dans le temple (Isaïe), mais il peut aussi déchirer le voile du Sanctuaire et sortir sur le parvis (Ezéchiel), se présenter sur un arbre (Abraham), dans le travail du laboureur (Amos), au milieu du désert (Jacob), ou dans un buisson (Moïse). Où ne peut-il pas se manifester ?

Voilà certains des collaborateurs de Moïse. Sa tactique fut de ne pas faire tout tout seul, mais d'appeler les autres pour partager les responsabilités du service. Il ne veut pas de gens infantiles qui reçoivent tout, mais un peuple mûr qui passe de l'esclavage au service.[1]

Moïse ne s'accapare pas l'autorité. Par le fait de partager le travail, les siens se sentent pris en compte, reconnus en tant que personnes et valorisés dans leurs charismes.

H- Mais...

Moïse apprit à travailler en équipe et constitua un magnifique groupe de collaborateurs avec qui il partageait les responsabilités... mais... malheureusement Moïse n'eut ni amis ni confidents. Il était toujours occupé à animer tout le monde, en conseil avec les anciens ou en commissions de travail avec ses plus proches.

Cet isolement de Madiân l'avait marqué profondément et il ne sut jamais surmonter sa timidité. Il ne parla jamais en privé avec personne. C'est toujours Jéthro, Aaron ou sa femme qui prennent l'initiative d'entrer en contact avec lui. La seule occasion où il aborda quelqu'un en particulier fut pour traiter d'un point administratif grave (cf. Nb 10, 29-32), mais jamais pour ouvrir son coeur.

Un dirigeant aussi remarquable le paie cher, soit il s'isole soit les autres l'isolent. Ou bien il travaille peut-être tellement qu'il ne consacre aucun temps pour resserrer les relations humaines. Il a tant de choses à faire qu'il perd les occasions de se faire des amis, car cela nécessite d'y investir beaucoup de temps.

Le nouveau Moïse

Jésus est tout à fait différent, car il préfère toujours le petit groupe de ses amis intimes aux grandes foules. Le Maître

1- G. Azou, *De l'esclavage au service*, Fax, Madrid, 1972.

passe son temps à parler toute une soirée avec André et Jean. Il s'invite chez Lazare, Marthe et Marie. Il guérit un homme dont le nom est Bartimée. Il appelle ses disciples amis et les connaît chacun par son nom. Il fait un bout de chemin avec les disciples d'Emmaüs. Les enfants viennent près de lui, et un aveugle ainsi qu'un bandit l'appellent familièrement par son nom : Jésus.

"Si Moïse n'a pas le temps et pour cette raison sacrifie l'amitié, Jésus, lui, consacre du temps à ses amis. C'est là une différence entre la loi mosaïque et l'Evangile."[1]

L'ami est celui avec qui l'on ouvre mutuellement son coeur, avec qui l'on peut aussi bien toucher nos blessures respectives et confier nos idées et nos espérances. Par contre, le collaborateur est simplement celui à qui nous nous joignons en vue de réaliser plus efficacement un travail.

Il ne serait pas de trop que chaque dirigeant se pose des questions et voie s'il a seulement une équipe de collaborateurs ou s'il peut vraiment compter sur de véritables amis qui l'aiment de façon inconditionnelle. Tout serviteur doit se demander si pour lui il est plus important de se faire des amis ou de réaliser de merveilleux projets.

1- C. Martini, *Idem*, p. 131.

4

Le couronnement de Moïse

1- LA MORT DE MOÏSE

A- Sur le seuil de la terre promise

Le peuple, sous la houlette de Moïse, s'approchait avec émotion de la terre de Canaan, sentant déjà que la promesse du Seigneur à leurs pères, les Patriarches, allait devenir réalité.

Moïse était ému parce que la chaîne du Moab ne le séparait pas de la terre promise. Au contraire, elle était comme l'arc de triomphe qui souhaitait la bienvenue à ce peuple persévérant qui avait marché pendant quarante ans. Il était sur le point de voir tous ses efforts récompensés. Les problèmes et les difficultés avaient valu la peine. Tout avait un sens devant cette terre où ruissellent le lait de la vie et le miel de la joie. Cependant, tel un fantasme effrayant, cette sentence divine voltigeait dans le coeur de Moïse : *Tu n'entreras pas dans la terre promise.* Mais malgré cela, une fois de plus il supplie d'un ton attendrissant.

Mon Seigneur Dieu, toi qui as commencé à faire voir à ton serviteur ta grandeur et ta puissance, toi dont personne aux cieux ou sur la terre n'égale les actions et les hauts faits, ne pourrais-je passer là-bas, et voir cet heureux pays au-delà du Jourdain, cette heureuse montagne, et le Liban ? (Dt 3, 23-27).

Le vieillard de cent-vingt ans n'a perdu ni son émotivité ni sa sensibilité. D'une confiance illimitée, il demande une dernière faveur. Il ne s'agit pas d'une plainte, encore moins d'une réclamation, mais simplement de la confession de ses sentiments les plus profonds.

"Permets-moi d'entrer, oui ? Tu m'as demandé de laisser mon confort de Madiân contre la plaine d'Esdrelon. J'ai renoncé à la tente de Jéthro, à la condition de pouvoir un jour m'abriter à l'ombre du chêne de Mambré. J'ai affronté le pharaon d'Egypte dans l'espérance de m'acheminer jusqu'à Penuel, où Jacob lutta contre toi.
J'ai failli souvent payer de ma vie l'espoir de goûter le vin de ses vignes. J'ai porté ce peuple pendant quarante ans au milieu d'une mer de difficultés et de problèmes, pour la seule joie de boire l'eau du puits de Jacob."

Il n'y a plus qu'un pas à franchir pour savourer l'arôme des roses de Sharon. Permets-moi, s'il te plaît, de m'extasier devant les sommets enneigés de l'Hermon et de descendre jusque dans la profonde dépression de la Mer Morte.

B- La nomination de Josué

Non sans souffrir dans son coeur, Dieu répète sa décision à Moïse :

"Non, Moïse, tu n'entreras pas. La seule chose que je puisse t'accorder est que tu *montes sur la chaîne des Abarim et regardes le pays que j'ai donné aux enfants d'Israël. Lorsque tu l'auras regardé, tu seras réuni aux tiens*" (Nb 27, 12-13).

Moïse comprend parfaitement que ce décret divin est irrévoquable et n'insiste plus. Il assume son douloureux destin, au goût amer d'absinthe. Il ne pense plus à lui mais à son peuple. Il réunit alors la communauté tout entière et présente sa démission pour "des raisons d'âge".

J'ai aujourd'hui cent vingt ans. Je ne puis plus aller et venir, et Dieu m'a dit : Tu ne passeras pas ce Jourdain (Dt 31, 2).

Le peuple se sentit désemparé, telles des brebis sans berger. Qui irait avec eux ? Alors, Moïse ajouta :

C'est Adonaï ton Dieu qui passera devant toi. C'est lui qui détruira ces nations (Dt 31, 3).

Comme le peuple était inquiet quant à celui qui succèderait au vieux leader de la communauté, Moïse déclara :

Qu'Adonaï, Dieu des esprits qui animent toute chair, établisse sur cette communauté un homme qui sorte et rentre à leur tête, qui les fasse sortir et rentrer[1]*, pour que la communauté de Dieu ne soit pas comme un troupeau sans pasteur* (Nb 27, 16-17).

Alors, Dieu lui-même détermina qui achèverait avec succès la conquête de Canaan.

Voici venir les jours de ta mort, appelle Josué. Tenez-vous à la Tente de Réunion, pour que je lui donne mes ordres (Dt 31, 14).

Donne tes ordres à Josué, fortifie-le, confirme-le, car c'est lui qui passera, à la tête de ce peuple ; à lui de les mettre en possession du pays que tu vas voir (Dt 3, 28).

Il appela donc Josué, son successeur, et l'encouragea devant tout le peuple.

Sois fort et tiens bon : tu entreras avec ce peuple au pays que Dieu a juré à leurs pères de leur donner, et c'est toi qui les en mettras en possession. C'est Dieu qui marche devant toi, c'est lui qui sera avec toi ; il ne te délaissera pas et ne t'abandonnera pas. Ne crains pas, ne tremble pas (Dt 31, 7-8).

1- Dans la mentalité orientale, l'expression "sortir-entrer" résume toute l'activité humaine et synthétise l'Exode : sortie d'Egypte et entrée dans la terre promise.

Moïse passe à l'arrière-garde, pour qu'un autre, plus jeune que lui, prenne le relais. Josué sera celui qu'on nommera le héros vainqueur, même s'ils oublient le semeur qui travailla inlassablement pour qu'un jour on puisse récolter les fruits de ses sueurs.

C- Le testament de Moïse

Tandis qu'on entendait déjà les premières notes de la marche funèbre, Moïse rassembla toute la communauté pour souligner l'essentiel dont allait dépendre l'avenir d'Israël.

Oui, je vais mourir en ce pays-ci et je ne passerai pas ce Jourdain. Mais vous, vous allez le passer et prendre possession de cet heureux pays. Gardez-vous donc d'oublier l'alliance qu'Adonaï votre Dieu a conclue avec vous et de vous fabriquer une image sculptée de quoi que ce soit, malgré la défense d'Adonaï ton Dieu ; car Adonaï ton Dieu est un feu dévorant, un Dieu jaloux (Dt 4, 22-24).

Puis il prit son bâton, se mit debout et de toute son autorité proclama le Credo d'Israël :

Shema Israel, Adonaï Elohenou, Adonaï Ehad -
Ecoute Israël, le Seigneur est notre Dieu, le Seigneur est l'unique. Tu aimeras le Seigneur ton Dieu de tout ton coeur, de toute ton âme et de tout ton pouvoir (Dt 6, 4-5).

Le Dieu d'Israël est un. Son unique époux et son unique Seigneur. Il n'y en a pas d'autre que lui. L'aimer de tout son coeur, de toute son âme et de toutes ses forces signifie l'aimer en toute liberté, car l'amour, par nature, ne peut être obligatoire, au contraire il est libre et jaillit du fond de la personne.

Ensuite, il décrit avec nostalgie le rêve de sa vie.

Ecoute Israël, te voilà aujourd'hui sur le point de passer le Jourdain, pour aller déposséder des nations plus nombreuses et plus fortes que toi et prendre de grandes villes dont les fortifications montent jusqu'au ciel. C'est un peuple grand et de haute stature que les Anaqim... Mais sache aujourd'hui que c'est Adonaï ton Dieu qui va passer devant toi, comme un feu dévorant qui les détruira (Dt 9, 1-3).

Les yeux fermés, comme s'il rêvait ou se rappelait tous ses désirs les plus chers, il continua :

Le pays où vous allez passer pour en prendre possession est un pays de montagnes et de vallées arrosées de la pluie du ciel. De ce pays, Adonaï ton Dieu prend soin, sur lui les yeux d'Adonaï ton Dieu restent fixés depuis le début de l'année jusqu'à sa fin (Dt 11, 11-12).

Enfin, devant toute l'assemblée d'Israël, Moïse prononça ce cantique qui résume toute son expérience de Dieu aussi bien que l'histoire de son peuple.

Cieux, prêtez l'oreille, et je parlerai ;
terre, écoute ce que je vais dire !
Que ma doctrine ruisselle comme la pluie,
que ma parole tombe comme la rosée,
comme les ondées sur l'herbe verdoyante,
comme les averses sur le gazon !
Car je vais invoquer le nom de Dieu ;
vous, magnifiez notre Dieu.

Il est le Rocher, son oeuvre est parfaite, car toutes ses voies sont le Droit.
C'est un Dieu fidèle et sans iniquité,
il est Rectitude et Justice.

Rappelle-toi les jours d'autrefois,
considère les années, d'âge en âge.
Interroge ton père, qu'il te l'apprenne ;
tes anciens, qu'ils te le disent.

Quand le Très-Haut donna aux nations leur héritage,
quand il répartit les fils d'homme,
il fixa leurs limites suivant le nombre des fils de Dieu ;
mais le lot d'Adonaï, ce fut son peuple,
Jacob fut sa part d'héritage.
Au pays de la steppe il l'adopte,
dans la solitude éclatante du désert.
Il l'entoure, il l'élève,
il le garde comme la prunelle de son oeil.

Tel un vautour qui veille sur son nid
plane au-dessus de ses petits ;
il déploie ses ailes et le prend,
il le soutient sur son pennage.

Dieu est seul pour le conduire ;
point de dieu étranger avec lui .
(Dt 32, 1-4 ; 7-12).

D- Le dernier regard sur Canaan

Moïse ayant accompli parfaitement sa mission et n'ayant plus rien à faire, Dieu lui fait un dernier cadeau qui, sans doute, accroît sa souffrance et peut-être provoque sa mort : voir de loin la terre ondulée par les montagnes et baignée par la Grande Mer.

Monte au sommet du Pisga, porte tes regards à l'occident, au nord, au midi et à l'orient ; regarde de tes yeux, car tu ne passeras pas le Jourdain que voici (Dt 3, 27).

Moïse monte seul au sommet du mont Nébo, et depuis ce balcon naturel se réjouit de loin à la vue de la terre promise. Alors, Dieu lui-même se change en guide touristique pour lui montrer en détail chaque région de Canaan.

Alors, partant des steppes de Moab, Moïse gravit le mont Nébo, sommet du Pisga en face de Jéricho, et Dieu lui fit voir tout le pays : le Galaad jusqu'à Dan, tout Nephtali, le pays d'Ephraïm et de Manassé, tout le pays de Juda jusqu'à la Mer occidentale, le Négeb, le district de la vallée de Jéricho, ville de palmiers, jusqu'à Coar. Dieu lui dit : Voici le pays que j'ai promis par serment à Abraham, Isaac et Jacob, en ces termes : je le donnerai à ta postérité. Je te l'ai fait voir de tes yeux, mais tu n'y passeras pas (Dt 34, 1-4).

Moïse s'extasiait en contemplant la terre de ses rêves et les larmes brouillèrent son regard.

Moïse avait cent vingt ans quand il mourut : son oeil n'était pas éteint ni sa vigueur épuisée (Dt 34, 7).

A cent vingt ans, Moïse était toujours plein de vigueur et son énergie n'avait pas diminué. Ce désert était devenu l'arène qui l'avait fortifié et mûri. Il était en possession de toutes ses forces et rien ni personne n'aurait pu l'arrêter ou le fatiguer.

Il est difficile pour un homme en pleine force d'accepter la retraite et qu'un autre plus jeune prenne la relève parce que l'autorité compétente l'a décrété ainsi. Il semble que rien ne puisse justifier une retraite prématurée, mais c'est ainsi car c'est la loi de la vie, et Moïse l'assume dans la paix, sans ressentiment ni frustration. Il a déjà rempli sa tâche et il ne lui reste plus qu'à apprendre à se retirer honorablement.

Il assume sa dernière fonction : remettre le bâton de commandement à un autre. Peut-être est-ce cela qui va éteindre la flamme qui avait encore assez de force pour continuer de brûler. Elle s'éteint tout doucement. Il accepte de n'être plus indispensable et comprend que la limite n'est pas donnée par nos possibilités mais par le doigt du Seigneur qui la fixe librement quand il en croit le moment opportun.

Il avait joint tous les bouts. Son oeuvre était terminée et sa succession garantie.

Le regard encore perdu dans l'infini, Moïse commence le voyage le plus long et le plus court de sa vie : aller vers le face à face avec Celui qui lui avait parlé caché dans le feu du buisson. Enfin, ses yeux pourront "voir" la gloire de Dieu et pénétrer dans la véritable terre promise.

Ensuite, avec solennité mais brièvement, on raconte sa mort : *C'est là que mourut Moïse, serviteur de Dieu, en terre de Moab, selon l'ordre de Dieu* (Dt 34, 5).

Moïse mourut selon une disposition expresse de Dieu. Le serviteur du Seigneur se fit obéissant jusqu'à la mort sur la montagne, entrevoyant l'entrée des siens dans la terre promise, sans que personne jusqu'à ce jour n'ait pu identifier sa tombe, afin que tout désert nous parle de Moïse.

Jusqu'à ce jour, nul n'a connu son tombeau (Dt 34, 6).

Il meurt dans la solitude de la montagne. Ainsi, sa vie fut celle d'un solitaire, sa mort silencieuse, et personne ne sait où se trouvent les restes du libérateur d'Israël. Sa tombe demeure cachée dans l'oubli et son visage même s'évanouit dans les autres livres de la Bible. C'est curieux, et même presque scandaleux, de voir comment les générations futures oublièrent d'écrire la vie de Moïse, mis à part le Siracide. Même la Haggada de la Pâque, qui rappelle la libération d'Egypte, ne fait aucune mention du libérateur. Moïse meurt aussi dans la mémoire de son peuple, jusqu'à ce que, l'heure messianique étant arrivée, surgisse le Nouveau Moïse qui proclame depuis le sommet de la montagne les Béatitudes, la Loi nouvelle, non celle de la lettre qui tue, mais celle de l'Esprit qui donne la vie.

Les Hébreux transportaient les restes de Joseph pour les enterrer à Sichem, mais Moïse n'a pas voulu qu'ils se chargent des siens. Il s'était déjà réconcilié avec le silence et la solitude qui avaient été son refuge durant quatre-vingts années auparavant. Maintenant, elles font partie de sa vie, non comme un lieu d'exil mais comme un pont qui conduit le pèlerin vers la terre promise. Le désert, à son tour, le reçoit en son sein et l'embrasse de ses pierres brûlantes, tandis que le vent, passant par ces défilés, chante une triste élégie pour ce berger de moutons qui un jour, osa aller *au-delà du désert...*

2- L'ÉPITAPHE DE MOÏSE

Moïse est mort sans laisser de trace de son tombeau. Pourtant, certains lui ont consacré une épitaphe immortelle, non pas écrite sur une plaque de marbre glaciale, mais dans l'éternelle et toujours nouvelle Parole de Dieu. Nous allons voir certaines des épitaphes les plus importantes.

A- L'homme le plus humble de la terre

Or, Moïse était un homme très humble, l'homme le plus humble que la terre ait porté (Nb 12, 3).

L'humble n'est pas celui qui vit dans le silence et la modestie, qui ne lève pas la tête et parle à voix basse. L'humble est celui qui donne à Dieu toute la gloire en toutes ses actions, qui se reconnaît comme un simple instrument dans l'oeuvre qui n'appartient globalement qu'à Dieu.

Moïse est humble parce qu'il sait assumer son rôle dans le concert de l'histoire, par-dessus tout à l'heure de sa mort quand, acceptant que sa mission soit finie, il se retire volontairement pour qu'un autre prenne la relève. Jamais il n'est hautain ni présomptueux. Il sait donner leur place aux autres et de nombreuses fois il a consulté le peuple, reconnaissant qu'il n'a pas à lui seul toute la vérité.

D'autre part, il n'arbore pas le pouvoir de son bâton miraculeux. Sa verge est toujours en présence de Dieu dans la Tente. Il aurait pu l'utiliser comme arme puissante, tels des rayons laser, pour pacifier toute révolte et mettre le peuple sous la loi de la terreur. Moïse ne s'en sert jamais par intérêt personnel, mais toujours en faveur des autres.

B- Le serviteur de Dieu

Il n'en est pas ainsi de mon serviteur Moïse, lui est à demeure dans ma maison (Nb 12, 7).

S'il nous fallait résumer le sens de la vie de Moïse en un mot, ce serait : le service. Cependant, il est nécessaire ici de faire quelque commentaire. Il ne s'agit pas d'un quelconque serviteur, ou du moins au sens habituel du terme : il est le serviteur du Seigneur qui, lors de l'examen final *a été fidèle dans toute sa maison, en qualité de serviteur* (He 3, 5).

D'une certaine manière, influencés par la mentalité juive qui identifie Moïse avec le Serviteur d'Adonaï du Cantique d'Isaïe[1], nous pouvons affirmer que le libérateur tient une place capitale parmi tous les serviteurs de Dieu : c'est celui qui ressemble le plus à la figure de Jésus.

S'il y a un trait de la personnalité de Moïse qui semble se détacher du reste, c'est bien celui de sa *fidélité.* Malgré toutes les épreuves et les adversités, et bien que l'entrée de la terre promise lui soit fermée, il reste fidèle à la mission qui lui a été confiée.

C- L'ami de Dieu

Dieu parlait avec Moïse face à face, comme un homme converse avec un ami (Ex 33, 11). Moïse ne prit jamais l'initiative de parler avec une seule personne. Il s'adressait

1- Les cantiques prophétiques sur le Serviteur de Dieu, que nous les chrétiens appliquons à la personne et à la mission du Christ, étaient attribués selon la mentalité juive à Moïse, le serviteur du Seigneur.

toujours à la foule ou au comité des anciens. Il était saturé de commissions de travail et c'est pour cela qu'il n'eut jamais le temps de se faire des amis en ce monde. Il n'en eut qu'un, son Dieu, qui le séduisit sur l'Horeb et avec qui il parlait face à face personnellement, comme un ami : il discutait, se plaignait, se fâchait, faisait des réclamations, ouvrait ses blessures et confiait son intimité.

Personne, dans toute l'histoire du salut, n'a gardé une relation aussi intime et familière avec Dieu comme lui. On affirme qu'Abraham était ami de Dieu, mais c'est précisément Moïse qui nous montre ce qu'est une relation particulière d'amitié avec Dieu. A partir de sa rencontre au buisson de l'Horeb, son coeur ne cesse d'adhérer au mystère divin. Son feu l'a brûlé jusqu'aux os et l'a uni d'une manière définitive.

Il y a un très beau texte devant lequel seul celui qui a fait l'expérience d'une véritable amitié, ne peut passer sans s'arrêter : c'est la plus belle parole que Dieu ait adressée à un homme mortel.

Toi, tu te tiendras ici auprès de moi (Dt 5, 31).

Seul un ami est capable de demander semblable chose, et seul l'autre ami sait entendre en son coeur cette prière. Non seulement les amis sont unis, mais ils sont aussi ensemble, l'un à côté de l'autre. Ils ont besoin l'un de l'autre... et le plus admirable est que ce Dieu éternel et parfait le demande à ce timide berger de moutons...

Bien sûr, Moïse était un homme de prière. Pourtant, il ne devint pas l'ami à cause des quarante jours qu'il passa au sommet de la montagne, ni à cause des fréquentes rencontres sous la Tente, ni pour les nombreuses fois où il intercéda, mais grâce à l'attitude qu'il avait devant Dieu : il se montrait tel qu'il était, timide et courageux, méfiant et honnête, violent et doux, déprimé et euphorique. Ce n'est pas le temps qui compte dans la prière, mais le fait d'entrer en contact intime avec Dieu.

C'est cela le fil conducteur qui tisse les profondes et véritables amitiés : non pas la quantité de temps mais la qualité de la communication, lorsque l'on ouvre les fenêtres des blessures de la vie pour pénétrer jusqu'au plus profond du coeur. La meilleure confirmation de cette amitié intime, Dieu la proclame lui-même.

S'il y a parmi vous un prophète, c'est en vision que je me révèle à lui, c'est dans un songe que je lui parle. Il n'en est est pas ainsi de mon serviteur Moïse, lui est à demeure dans ma maison. Je lui parle bouche à bouche, dans l'évidence, non en énigmes, et il voit la forme de Dieu (Nb 12, 6-8).

D- Il marcha comme s'il voyait l'invisible

Comme s'il voyait l'invisible, il tint ferme (He 11, 27).

Voilà une description qui donne une image globale des quarante dernières années de Moïse : marcher. Jamais il ne s'arrête ni ne se repose. C'est un pèlerin infatigable qui parcourt avec détermination des routes vierges, mu par un seul motif : la révélation du buisson de l'Horeb qui l'enflamma et le transforma en charbon ardent pour éclairer les autres.

Moïse a découvert un attribut essentiel de Dieu : il est invisible, mais réel, intangible mais véritable. Le Dieu qui se cache derrière le feu et qui parle dans la pénombre de la nuée est un Dieu insaisissable qui transcende toute représentation.

C'est pourquoi on ne peut le figurer par aucune image ni de l'esprit, ni d'or ni d'aucune matière précieuse. Il transcende tout, et rien ne peut le contenir puisqu'il dépasse toute l'intelligence des sages, l'imagination des artistes et même les concepts les plus élevés des théologiens.

Seul le mystique peut pénétrer dans une telle dimension, que l'oeil ne peut voir ni l'oreille entendre, quand Dieu enflamme librement l'âme dans l'extase et la contemplation. Moïse a perçu l'essentiel de Dieu : il est invisible, il est transcendant, il est Saint, Saint, Saint.

3- LE MOÏSE DE MICHEL-ANGE

Nous ne savons rien de la tombe de Moïse, sinon qu'il fut enterré au sommet du Pisga. Quelque part dans le désert fleurit la semence du pasteur de Madiân, qui passa sa vie dans des tentes démontables et jamais personne ne saura où se trouve sa tombe, parce que ce pèlerin n'a pas voulu laisser un souvenir de lui gisant immobile.

Par une de ces ironies de l'histoire, nous savons que le pape Jules II demanda à Michel-Ange de lui faire une statue majestueuse pour garder son sanctuaire. L'artiste florentin la sculpta d'un seul bloc de marbre de Carrare. Le Pontife pensait que cette imposante statue serait comme ces chérubins qui gardaient l'entrée du paradis, à l'entrée de ce qu'il croyait devenir une immense nécropole.

Mais même ce Moïse taillé dans la pierre dure ne voulut pas demeurer dans une tombe, et aujourd'hui il se trouve, solitaire, à l'Eglise de Saint-Pierre aux Liens, où sont conservées les chaînes avec lesquelles saint Pierre fut emprisonné (cf. Ac 12, 1-11).

Les guides touristiques se contentent toujours de répéter les mêmes dates et les mêmes histoires. Tous font mention de l'équilibre des lumières et des ombres et racontent comment Michel-Ange a réussi à glorifier le caractère et la détermination du berger de moutons, avec un dynamisme et un réalisme impressionnants dans ce marbre de 2,35m de haut.

Cependant, ce n'est pas la sculpture de Michel-Ange qu'il faut admirer, mais l'histoire même de Moïse qui sut faire de sa vie une oeuvre d'art impérissable. Malheureusement les touristes qui visitent Saint-Pierre aux Liens, ne trouvent personne qui leur montre les traits ou le message du pèlerin infatigable, et se contentent de déposer une pièce de monnaie dans un tronc pour allumer des lumières artificielles et prendre des photos figées de la fameuse sculpture, au lieu d'être illuminés par les splendeurs du caractère et de l'énergie de cet homme qui était tout d'une pièce.

Jusqu'à maintenant, personne n'a réparé le grave défaut de cette sculpture, aussi démesuré que sa taille. Le pèlerin qui ne s'est jamais reposé, qui fut toujours un marcheur inlassable, chercheur de nouvelles routes, se déplaçant avec des tentes vers la terre promise, a été sculpté assis au lieu d'être en train de marcher, le regard fixé sur l'horizon de la promesse.

Par contre, tous les guides rappellent cette anecdote historique : quand Michel-Ange termina son chef-d'oeuvre, il s'en sentit si fier qu'il laissa son ciseau et d'un coup de marteau frappa le genou de la statue en lui ordonnant : "Parle !"

... Le jour où nous avons commencé à écrire ces pages, nous sommes allés visiter l'imposante statue de Moïse à l'église de Saint-Pierre. Nous nous sommes placés devant lui, qui ne regardait pas en face mais qui esquivait notre rencontre en se distrayant avec la foule qui entrait.

Une fois de plus, le pasteur fugitif, le libérateur solitaire, ne voulait aucune relation personnelle et refusait de nous considérer. Le contraste de sa vie nous parut si mystérieux, le fait d'avoir su conjuguer des traits de lumières et d'ombres de sa personnalité si opposés nous parut si admirable qu'en le regardant dans les yeux, nous exigeâmes de lui une explication : "Parle !"

Alors, Moïse se leva de sa chaire, rompit encore les tables de la loi, étendit la main droite vers l'horizon et, le regard perdu à l'infini, nous révéla son secret :

Au-delà du désert...

Au-delà de la pâque juive, il y a Jésus-Christ qui a été immolé. Au-delà de l'agneau pascal, il y a l'Agneau de Dieu, le seul capable d'enlever le péché du monde, parce qu'il supporta le châtiment qui nous procure la paix, et par ses blessures nous sommes guéris.

Au-delà de la Mer Rouge, il y a le baptême dans l'Esprit et le feu, que seul le Messie nous offre.

Au-delà de la manne, il y a le véritable Pain du ciel que Dieu donne.

Au-delà du serpent de bronze élevé dans le désert, il y a la croix de Jésus élevée vers le ciel qui attire tout homme à elle pour le salut de celui qui croit.

Au-delà de la Tente de Réunion où Dieu rencontrait son peuple, il y a l'Emmanuel qui plante sa tente dans notre camp et convertit le coeur de l'homme en sanctuaire de l'Esprit.

Au-delà du rocher d'où jaillit de l'eau dans le désert, il y a le Messie dont la poitrine laisse couler un fleuve d'eau vive qui est l'Esprit Saint, qui donne la vie éternelle.

Au-delà de l'ancienne Alliance, il y a la nouvelle Alliance. Au-delà du Mont Sinaï, il y a le mont du Calvaire où se scelle la nouvelle et éternelle Alliance dans le précieux sang du Fils de Dieu.

Au-delà des lois cultuelles et des sacrifices du temple, il y a l'adoration en esprit et en vérité. Au-delà de la loi du Sinaï, il y a la loi de l'Esprit qui donne la vie. Au-delà des prescriptions de l'Horeb, il y a le mont des Béatitudes où le Nouveau Moïse proclame l'esprit du Royaume des cieux.

Au-delà du pasteur de Madiân, il y a le Bon Pasteur qui connaît chacune de ses brebis.

Au-delà, toujours au-delà, il y a le Chemin, la Vérité et la Vie. Le Nouveau Moïse conduit au-delà, vers la véritable Jérusalem, et il instaure en ce monde le Règne de Dieu qui est un règne de justice, de joie et de paix dans l'Esprit.

Au-delà, *au-delà du désert...*

Table des matières

INTRODUCTION **5**

1- L'ÉCOLE DU PHARAON **9**

1- L'injuste pyramide d'Egypte 9

2- Deux plans contradictoires 11

A- Un plan engendré par la crainte : le pharaon 11

B- Un plan sans peur : Moïse 13

3- Les lignes courbes de Dieu 16

4- Une idée géniale : visiter ses frères 19

2- L'ÉCOLE DE MADIÂN **23**

1- L'exode de Moïse : il s'assit auprès d'un puits 23

A- Le refuge 23

B- Les deux fils de Moïse 25

2- Au-delà du désert 29

A- Une décision inattendue 29

B- Le buisson ardent 31

C- Il ne se consume pas 32

D- Oter ses sandales 34

E- Se voiler la face 35

3- La révélation de Dieu 37

A- Le Dieu d'Abraham, d'Isaac et de Jacob 37

B- Je Suis Celui qui Suis 38

C- Le Dieu libre et libérateur 39

4- Une grande mission dans des mains fragiles 41
A- Viens et vois 41
B- Les cinq excuses de Moïse 41
5- Dieu a gagné, mais Moïse n'a pas perdu 51

3- L'ÉCOLE DU DÉSERT 55

1- Commencer n'est pas facile 55
A- Problèmes avec le pharaon 56
B- Problèmes avec les Hébreux 57
2-Les protagonistes de l'histoire 59
A- Dieu 60
B- Le pharaon 62
C- Moïse 64
3- La grande fuite 66
A- Préparer le passage de Dieu 66
B- La sortie d'Egypte 67
C- Un itinéraire tortueux 69
4- La Mer Rouge : trois impossibles 70
A- La nuit de la terreur 71
B- L'issue inattendue : trois impossibles 72
C- La double attitude de Moïse : fort et faible 74
D- Le pas dans la foi est illogique 75
E- Le chant de la liberté 77
5- La soif : symptôme d'autres problèmes 79
A- Mara : tenter le difficile : jeter le bois dans l'eau 79
B- Rephidim : tenter l'impossible : frapper le rocher 80
C- Cadès : tenter l'absurde : parler au rocher 82
6- La manne qui ne se conserve pas 85
7- Les murmures et les révoltes 88
A- La révolte d'Aaron et de Miryam 89
B- La révolte des Lévites 91
C- La révolte des chefs 92
8- Les oignons et l'ail 95
A- La grande dépression de Moïse 95
B- L'alternative inespérée 98

9- Un défi qui s'évanouit 99
A- Analyse de la réalité 99
B- Les trois réactions 102
C- L'échappatoire 111
D- La réaction de Dieu et l'intercession de Moïse 116
E- Le passage refusé 118
10- Les serpents venimeux 123
11- L'Alliance 126
A- L'ancienne Alliance 126
B- Les deux clauses 127
C- Un engagement communautaire 128
D- L'initiative divine 129
E- La loi 129
F- Le Dieu-Brouette 130
G- Une proposition tentante 133
H- La dernière carte 135
I- Il met en pièces les tables 138
12- Les cinq demandes de Moïse 141
A- Révèle-moi tes voies 141
B- Viens avec nous sur la route 143
C- Ne me charge plus jamais de ce peuple 146
D- Fais-moi voir ta gloire 148
E- Laisse-moi entrer dans la terre promise 150
13- L'équipe de Moïse, mais.... 154
A- Aaron : sa bouche 155
B- Hobab : ses yeux 155
C- Aaron et Hur : son appui 156
D- Jéthro : son conseiller 160
E- Soixante-dix juges : ses collaborateurs 163
F- Josué : son assistant 165
G- Soixante-dix anciens et Eldad et Médad 165
H- Mais... 170

4- LE COURONNEMENT DE MOÏSE 173

1- La mort de Moïse 173
A- Sur le seuil de la terre promise 173

B- La nomination de Josué 174
C- Le testament de Moïse 176
D- Le dernier regard sur Canaan 178

2- L'épitaphe de Moïse 181
A- L'homme le plus humble de la terre 181
B- Le serviteur de Dieu 182
C- L'ami de Dieu 182
D- Il marcha comme s'il voyait l'invisible 184

3- Le Moïse de Michel-Ange 185

Achevé d'imprimer en septembre 1993
sur presse CAMERON,
dans les ateliers de la S.E.P.C.
à Saint-Amand Montrond (Cher)

Dépôt légal : septembre 1993.
N° d'impression : 2249.

Imprimé en France